大家學華語 新版

華語を学ぼう
日語版

樂大維　著

　　這是一本要讓初學華語的人，可以輕鬆掌握華語基礎的入門書。我認為學華語第一件最重要的事，就是要學會注音符號（ㄅㄆㄇㄈ）。本書中所訂立的學習目標，是要讓各位懂得使用所學過的注音符號，來精確拼讀出華語的詞彙，並且同時精進書寫的能力，以及掌握最初階的字彙與對話。因此，本書的第一章會先從學習注音符號開始，除了聲母、韻母、聲調外，也會列出字母拼讀。然後，再從第二章、第三章簡單的生活字彙、打招呼開始入手，進而連簡單的問候用語也能朗朗上口的話，我相信各位學習華語的興致，就會越學越高昂！像是日常生活中使用度極高的詞彙與句子，在本書裡也會有豐富的呈現。因此各位邊聽本書所附的音檔，邊不斷地開口反覆練習，才是提高成效的上上策！此外，書內的字彙、會話，除了注音符號外，皆附有「拼音」，讓學習「拼音」的讀者，也能方便對照、使用本書。筆者衷心期盼讀者們透過本書的學習，能夠說上幾句華語，更加喜愛華語！

2023 年 8 月　　樂大維

はじめに

　本書は、華語を初めて学ぶ人に向けて、華語の基礎を無理なく学べるように書かれた入門書です。なによりも大切なのが、「注音記号」(ボポモフォ)の学習です。本書では、注音記号を使った単語を正確に発音し、書くこともできて、また初級の単語や会話をしっかり身につけることを目標としています。そのため、本書の第一章では、注音符号の母音や子音、声調をはじめ、その他の組み合わせ方を学習します。それから、第二章、第三章で単語、挨拶をはじめとする簡単な会話を覚えれば、華語の学習を続けていくうえで大きな興味がわくはずです。日常生活で頻繁に使われる単語やフレーズを多く紹介していますので、付属の音声を聴きながら、何度も繰り返して口に出してみることをおすすめします。そのほか、本書の単語や会話には、注音符号だけではなく、「ピンイン」も付いていますので、「ピンイン」に慣れている人も、さらに読みやすくなります。本書で学んでもらった皆さんが、少しでも話せるようになり、もっと華語を好きになってくれることを願っています。

2023 年 8 月　　樂大維

如何使用本書 本書の使い方

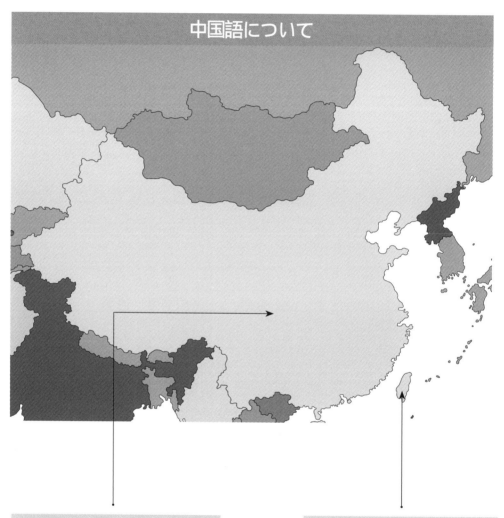

中国語について

普通語（中国本土の中国語）

普通話 pǔtōnghuà

簡体字＋ピンイン

台湾華語（台湾の中国語）

臺灣華語

繁体字／正体字＋注音符号

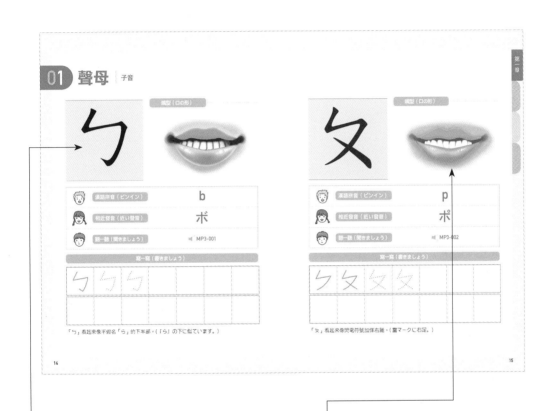

基礎をしっかり身につける第一歩

「台湾華語」（台湾中国語）をマスターする第一歩は、発音を表す「注音符号」（発音記号のこと）（ㄅㄆㄇㄈ）を習得することです。本書の内容の明確な説明と発音の音声を通して、37 個の注音符号を無理なく身につけることができます。

口の形のイラスト

分かりやすい口の形のイラストが描かれているので、鏡を見ながら練習すれば、発音のコツがつかめます。

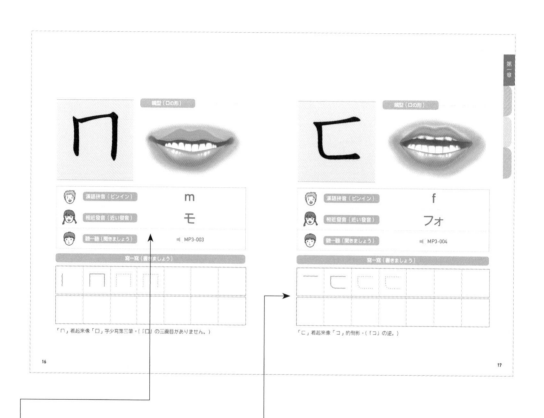

説明と発音の手本

「ピンイン」のほかに日本語に近い発音もあり、著者自らが発音した音声入りMP3もあるので、正確な発音が習得できます。

記憶に残る書く練習

印象に残るため、書く練習に使う四角い枠や分かりやすい説明があります。書いて聞いて話したら、あっという間に注音符号が覚えられます。

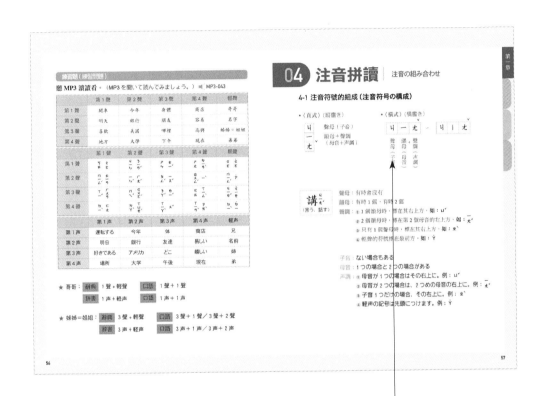

注音符号の組み合わせ

37個全ての発音記号を勉強してから、発音記号の組み合わせの勉強もしてみましょう。子音や母音、声調の置く位置が把握できたら、台湾華語の学習はますますうまくいくと思います。

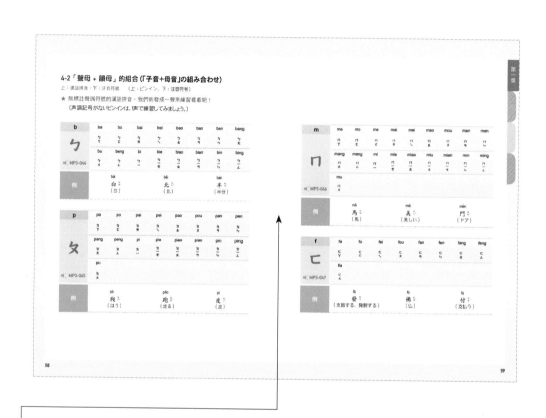

全ての注音符号の組み合わせのルール

本書には全ての「子音+母音」の組み合わせを収録しました。さらに、例もあるので、すぐに練習できます。そのほか、ピンインも記載されているので、分かりやすいです。

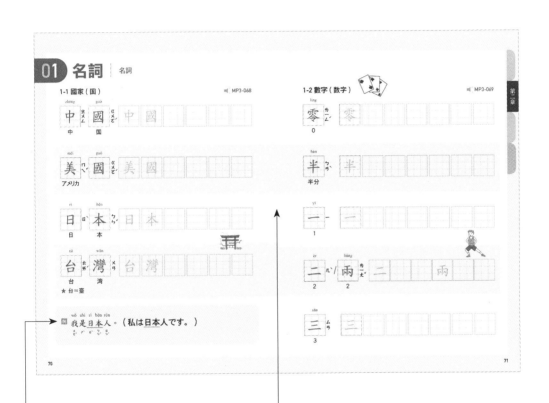

すぐに使える例文

単語だけ覚えるのは物足りません。大事なのはうまくこなせるかどうかです。「単語100」には、テーマごとによく使う例文を用意しました。習った単語をそのまま例文に入れ替えれば、すぐに使えるようになります。

使用率の高い「単語100」

使用率のもっとも高い単語100個を厳選しました。日本語訳や、注音符号、ピンイン、書く練習に加え、書いたらすぐに覚えられるなんて、じつに便利です。

01 應答句　応答フレーズ

1-1 表達意思（意思を表す）　MP3-078

好（的）。
はい。

好啊！
いいですよ。

不好。
よくないです。／だめです。

好嗎？
いいですか？

是（的）。
はい、YES、そうです。

是啊！
そうですよ。

不是。
いいえ、NO、違います。

是嗎？
そうですか？

對（的）。
はい、YES、合っています。

98　99

第三章

よく使う「フレーズ100」

自己紹介をはじめ、祝いの言葉、簡単な返事、もっとも簡単でよく使うフレーズまでを勉強すると、台湾華語を使っていかに台湾人とコミュニケーションをはかり、距離を縮めることができるかが分かってきます。

★ 本書的正體字使用中華民國教育部標準楷書字形。

　（本書の繁体字・正体字には、中華民国教育部標準楷書字形を使用しています。）

★ 記號說明（記号の説明）

辭典 辭典上的讀音	口語 多數台灣人的讀音
辞書 辞書に掲載されている発音	口語 多くの台湾人の発音

如何掃描 QR Code 下載音檔

1. 以手機內建的相機或是掃描 QR Code 的 App 掃描封面的 QR Code。
2. 點選「雲端硬碟」的連結之後,進入音檔清單畫面,接著點選畫面右上角的「三個點」。
3. 點選「新增至『已加星號』專區」一欄,星星即會變成黃色或黑色,代表加入成功。
4. 開啟電腦,打開您的「雲端硬碟」網頁,點選左側欄位的「已加星號」。
5. 選擇該音檔資料夾,點滑鼠右鍵,選擇「下載」,即可將音檔存入電腦。

目 次

CONTENTS

作者序 はじめに ……002
如何使用本書 本書の使い方 ……004

第一章　發音│発音……013

01 聲母　子音 ……014
02 韻母　母音 ……036
03 聲調　声調 ……053
04 注音拼讀　注音の組み合わせ ……057

第二章　單字 100 │単語 100……069

01 名詞　　名詞 ……070
02 形容詞　形容詞 ……087
03 動詞　　動詞 ……090

第三章　句子 100 │フレーズ 100……097

01 應答句　応答フレーズ ……098
02 基本句　基本フレーズ ……103
03 常用句　よく使うフレーズ ……113

第一章
發音
(発音)

01 **聲母**（子音）
02 **韻母**（母音）
03 **聲調**（声調）
04 **注音拼讀**
（注音の組み合わせ）

01 聲母 | 子音

嘴型（口の形）

	漢語拼音（ピンイン）	b
	相近發音（近い發音）	ボ
	聽一聽（聞きましょう）	🔊 MP3-001

寫一寫（書きましょう）

ㄅ	ㄅ	ㄅ			

「ㄅ」看起來像平假名「ら」的下半部。（「ら」の下に似ています。）

嘴型（口の形）

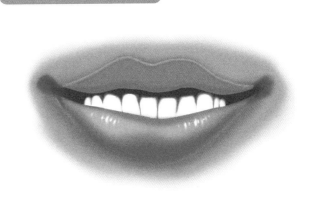

	漢語拼音（ピンイン）	p
	相近發音（近い發音）	ポ
	聽一聽（聞きましょう）	🔊 MP3-002

寫一寫（書きましょう）

ㄆ	ㄆ	ㄆ	ㄆ			

「ㄆ」看起來像閃電符號加條右腿。（雷マークに右足。）

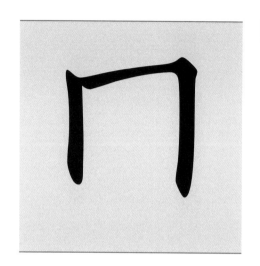

	漢語拼音（ピンイン）	m
	相近發音（近い發音）	モ
	聽一聽（聞きましょう）	🔊 MP3-003

寫一寫（書きましょう）

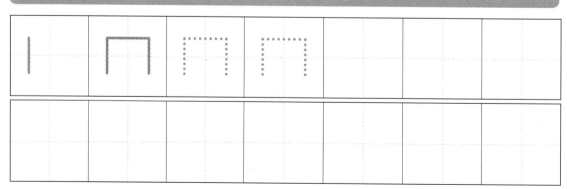

「ㄇ」看起來像「口」字少寫第三筆。（「口」の三画目がありません。）

ㄈ

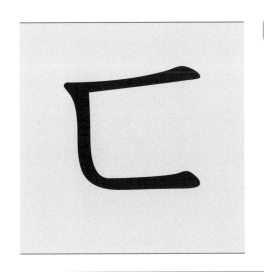

嘴型（口の形）

漢語拼音（ピンイン）	f
相近發音（近い發音）	フォ
聽一聽（聞きましょう）	MP3-004

寫一寫（書きましょう）

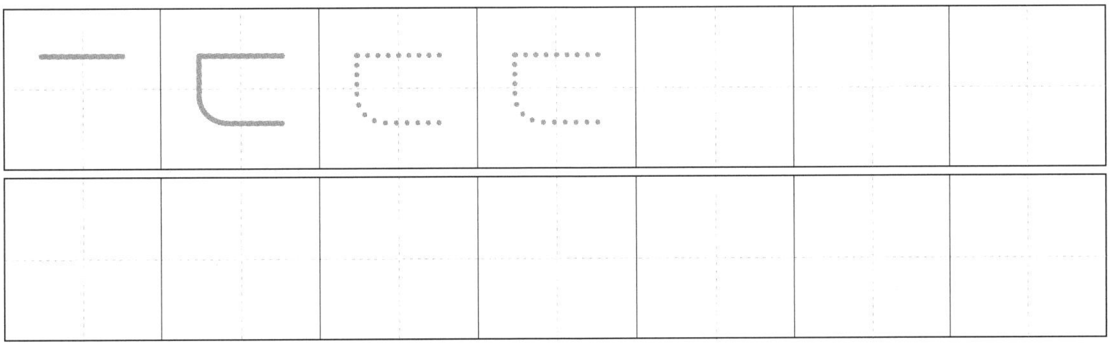

「ㄈ」看起來像「コ」的倒影。（「コ」の逆。）

 漢語拼音（ピンイン）		d
相近發音（近い發音）		ド
聽一聽（聞きましょう）		🔊 MP3-005

寫一寫（書きましょう）

ㄉ	ㄉ	ㄉ	ㄉ			

「ㄉ」看起來像「ㄅ」加上片假名的「ノ」。（「ㄅ」に「ノ」を付けます。）

嘴型（口の形）

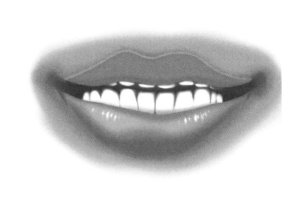

	漢語拼音（ピンイン）	ㄊ
	相近發音（近い發音）	ト
	聽一聽（聞きましょう）	🔊 MP3-006

寫一寫（書きましょう）

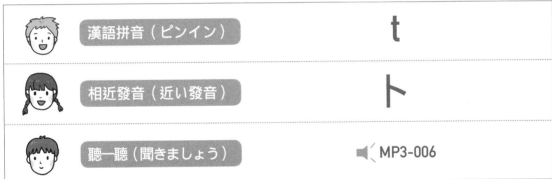

一	ㄜ	ㄊ	ㄊ	ㄊ		

「ㄊ」看起來像數字「一」加上片假名的「ム」。（数字の「一」に「ム」。）

嘴型（口の形）

	漢語拼音（ピンイン）	**n**
	相近發音（近い發音）	**ㄋ**
	聽一聽（聞きましょう）	🔊 MP3-007

寫一寫（書きましょう）

ㄋ	ㄋ	ㄋ				

「ㄋ」看起來像是漢字的「了」。（「了」に似ています。）

嘴型（口の形）

	漢語拼音（ピンイン）	ㄌ
	相近發音（近い發音）	ル
	聽一聽（聞きましょう）	🔊 MP3-008

寫一寫（書きましょう）

ㄌ	ㄌ	ㄌ	ㄌ			

「ㄌ」看起來像像平假名的「ゆ」。（「ゆ」に似ています。）

嘴型（口の形）

	漢語拼音（ピンイン）	g
	相近發音（近い發音）	グ
	聽一聽（聞きましょう）	🔊 MP3-009

寫一寫（書きましょう）

〈	〈〈	〈〈	〈〈			

「〈〈」看起來像兩個平假名「く」。（「く」二つ。）

嘴型（口の形）

	漢語拼音（ピンイン）	k
	相近發音（近い發音）	ク
	聽一聽（聞きましょう）	🔊 MP3-010

寫一寫（書きましょう）

一	ㄎ	ㄎ	ㄎ			

「ㄎ」看起來像「巧」字的右半部。（「巧」の作り。）

嘴型（口の形）

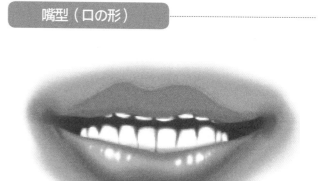

	漢語拼音（ピンイン）	h
	相近發音（近い發音）	ㄏ
	聽一聽（聞きましょう）	🔊 MP3-011

寫一寫（書きましょう）

一	厂	厂	厂		

「厂」看起來像「原」的部首。（「原」の部首。）

嘴型（口の形）

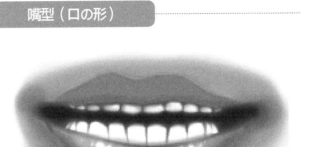

	漢語拼音（ピンイン）	j
	相近發音（近い發音）	ジ
	聽一聽（聞きましょう）	🔊 MP3-012

寫一寫（書きましょう）

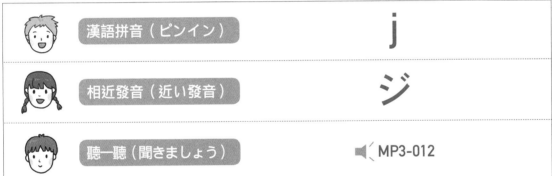

「ㄐ」看起來像「叫」的右半部。（「叫ぶ」の作り。）

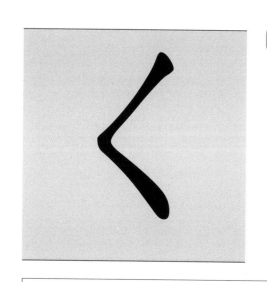

	漢語拼音（ピンイン）	q
	相近發音（近い發音）	チ
	聽一聽（聞きましょう）	🔊 MP3-013

寫一寫（書きましょう）

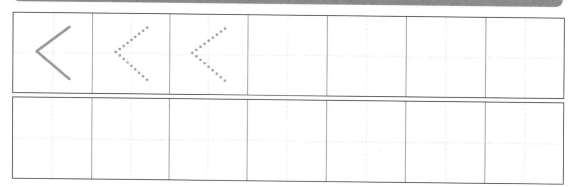

「く」看起來像片假名的「く」。（「く」。）

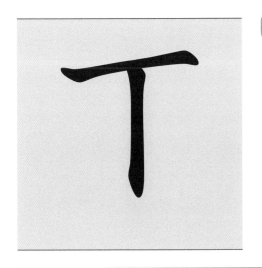

嘴型（口の形）

	漢語拼音（ピンイン）	X
	相近發音（近い發音）	シ
	聽一聽（聞きましょう）	🔊 MP3-014

寫一寫（書きましょう）

ㄒ	ㄒ	ㄒ	ㄒ				

「ㄒ」看起來像英語的「T」。（英語の「T」。）

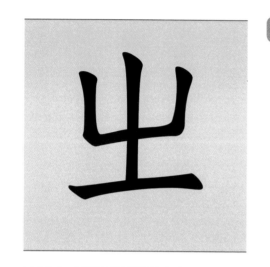

	漢語拼音（ピンイン）	zh(i)
	相近發音（近い發音）	巻き舌のヂ
	聽一聽（聞きましょう）	🔊 MP3-015

寫一寫（書きましょう）

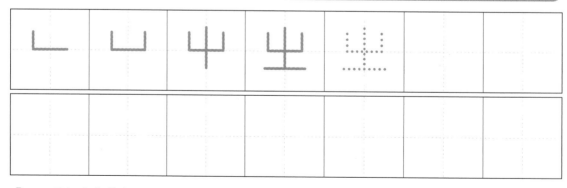

「ㄓ」看起來像「出」下方的左右兩邊都不翹起來。（「出」の下部分の左右がないもの。）

嘴型（口の形）

	漢語拼音（ピンイン）	ch(i)
	相近發音（近い發音）	巻き舌のチ
	聽一聽（聞きましょう）	◀ MP3-016

寫一寫（書きましょう）

ノ	⁑	彳	彳	彳			

「彳」看起來像雙人旁。（行人偏。）

	漢語拼音（ピンイン）	**sh(i)**
	相近發音（近い發音）	**巻き舌のシ**
	聽一聽（聞きましょう）	🔊 MP3-017

寫一寫（書きましょう）

ㄱ	ㄱ	ㄹ	ㄹ	ㄹ	

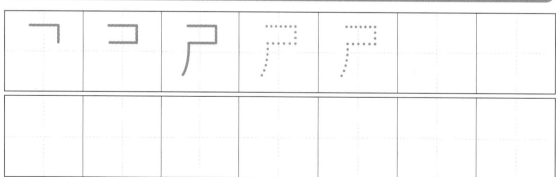

「尸」看起來像片假名「コ」加上片假名「ノ」。（「コ」に「ノ」。）

嘴型（口の形）

	漢語拼音（ピンイン）	r(i)
	相近發音（近い發音）	巻き舌のリ
	聽一聽（聞きましょう）	🔊 MP3-018

寫一寫（書きましょう）

│	∏	∏	＼		

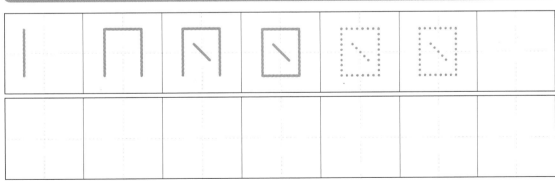

「囗」看起來像「口」字加個點。（「口」に点。）

	漢語拼音（ピンイン）	z(i)
	相近發音（近い發音）	ツ
	聽一聽（聞きましょう）	🔊 MP3-019

寫一寫（書きましょう）

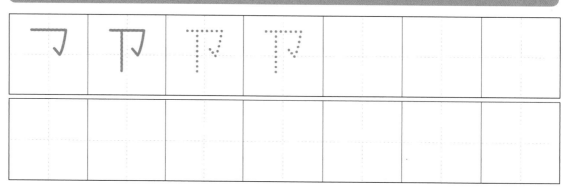

「ㄗ」看起來像「刀」字的第二筆直直地往下拉長。
（「刀」の二画目を立てにまっすぐ伸ばします。）

嘴型（口の形）

	漢語拼音（ピンイン）	c(i)
	相近發音（近い發音）	ツ
	聽一聽（聞きましょう）	🔊 MP3-020

寫一寫（書きましょう）

一	ち	ち	ち			

「ち」看起來像把平假名「ち」寫得正正方方的感覺。（「ち」をかくかく書く感じ。）

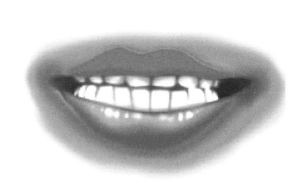

	漢語拼音（ピンイン）	s
	相近發音（近い發音）	ス
	聽一聽（聞きましょう）	🔊 MP3-021

寫一寫（書きましょう）

ム	ム	ム	ム				

「ム」看起來像片假名的「ム」。（「ム」。）

練習題（練習問題）

■ **MP3 裡念的是哪一個？請打圈。** 🔊 MP3-022

（発音されたものに○を付けてみましょう。）

01）　ㄅ（　　）ㄆ（　　）

02）　ㄇ（　　）ㄈ（　　）

03）　ㄉ（　　）ㄊ（　　）

04）　ㄋ（　　）ㄌ（　　）

05）　ㄍ（　　）ㄎ（　　）

06）　ㄏ（　　）ㄐ（　　）

07）　ㄑ（　　）ㄒ（　　）

08）　ㄓ（　　）ㄗ（　　）

09）　ㄔ（　　）ㄘ（　　）

10）　ㄕ（　　）ㄙ（　　）

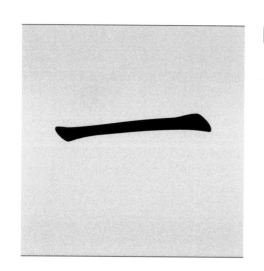

嘴型（口の形）

	漢語拼音（ピンイン）	i
	相近發音（近い發音）	イィ
	聽一聽（聞きましょう）	🔊 MP3-023

寫一寫（書きましょう）

─	....	....				

「一」看起來像漢字的「一」。（漢字の「一」。）

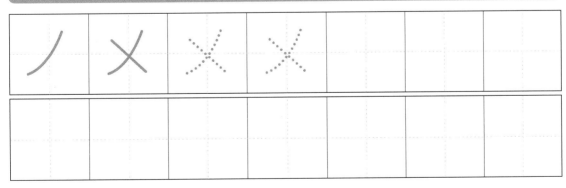

第一章

嘴型（口の形）

	漢語拼音（ピンイン）	u
	相近發音（近い發音）	ウゥ
	聽一聽（聞きましょう）	🔊MP3-024

寫一寫（書きましょう）

「ㄨ」看起來像叉叉。（ばつ。）

	漢語拼音（ピンイン）	ü
	相近發音（近い發音）	ㄩㄧ
	聽一聽（聞きましょう）	🔊MP3-025

寫一寫（書きましょう）

ㄩ	ㄩ	ㄩ	ㄩ			

「ㄩ」看起來像「凶」字的部首。（「凶」の部首。）

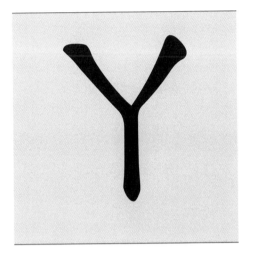

ㄚ

嘴型（口の形）

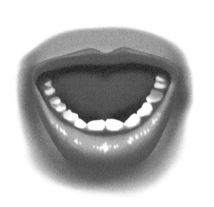

	漢語拼音（ピンイン）	a
	相近發音（近い發音）	アァ
	聽一聽（聞きましょう）	🔊 MP3-026

寫一寫（書きましょう）

＼	∨	Y	Y	Y		

「ㄚ」看起來像英語的「Y」。（英語の「Y」。）

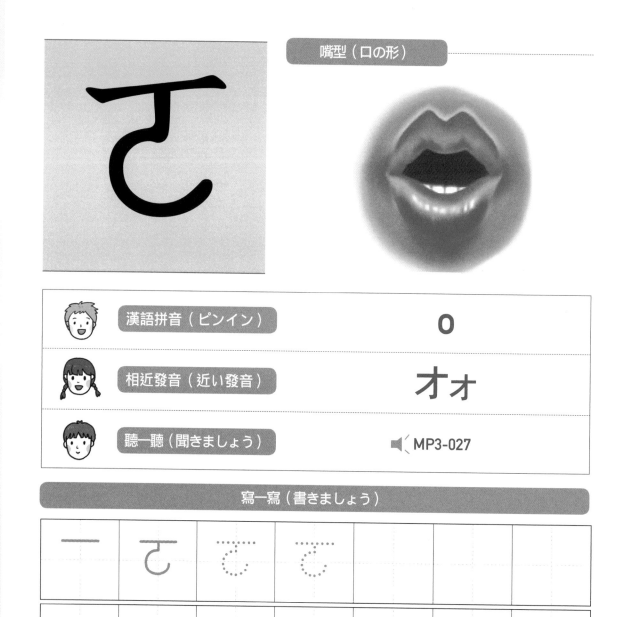

	漢語拼音（ピンイン）	o
	相近發音（近い發音）	オォ
	聽一聽（聞きましょう）	🔊 MP3-027

寫一寫（書きましょう）

「ㄛ」看起來像平假名「さ」的印刷體，卻不突出去。（出なくて印刷用の「さ」。）

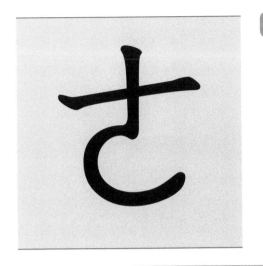

嘴型（口の形）

	漢語拼音（ピンイン）	e
	相近發音（近い發音）	ウァ
	聽一聽（聞きましょう）	🔊 MP3-028

寫一寫（書きましょう）

一	さ	さ	さ			

「さ」看起來像一般的「さ」。(普通の「さ」。)

41

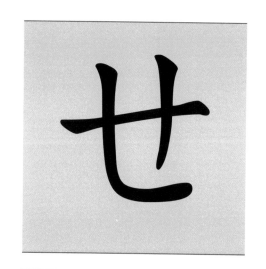

漢語拼音（ピンイン）		ê
相近發音（近い發音）		ㄝ
聽一聽（聞きましょう）		🔊 MP3-029

寫一寫（書きましょう）

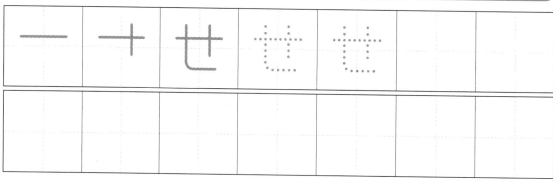

一	十	せ	せ	せ			

「せ」看起來像平假名的「せ」。（「せ」。）

嘴型（口の形）

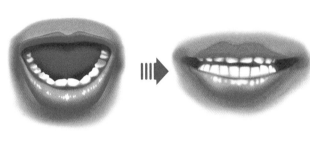

	漢語拼音（ピンイン）	ai
	相近發音（近い發音）	アイ
	聽一聽（聞きましょう）	🔊 MP3-030

寫一寫（書きましょう）

一	ㄅ	ㄞ	ㄞ	ㄞ			

「ㄞ」看起來像「ㄅ」加上片假名「ノ」。（「ㄅ」に「ノ」。）

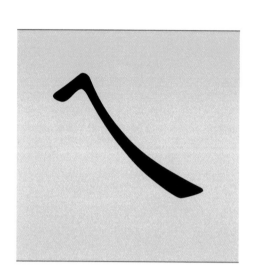

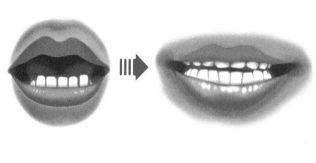

 漢語拼音（ピンイン）		ei
相近發音（近い發音）		エイ
聽一聽（聞きましょう）		🔊 MP3-031

寫一寫（書きましょう）

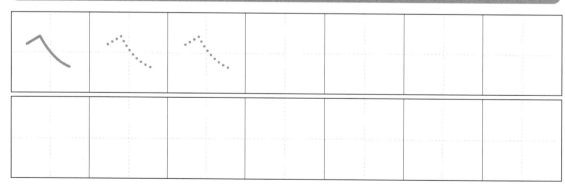

「ㄟ」看起來像片假名的「ヘ」。（「ヘ」。）

嘴型（口の形）

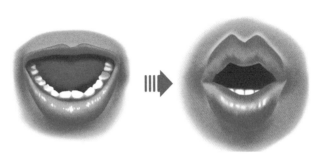

	漢語拼音（ピンイン）	**ao**
	相近發音（近い發音）	**アオ**
	聽一聽（聞きましょう）	🔊 MP3-032

寫一寫（書きましょう）

ㄥ	ㄥ	ㄥ	ㄥ	ㄥ	

「ㄠ」看起來像「糸」部沒有下面的「小」。（「糸」に「小」はありません。）

嘴型（口の形）

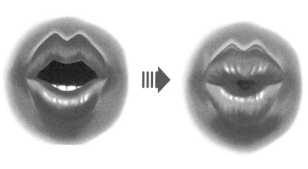

	漢語拼音（ピンイン）	**ou**
	相近發音（近い發音）	**オウ**
	聽一聽（聞きましょう）	🔊 MP3-033

寫一寫（書きましょう）

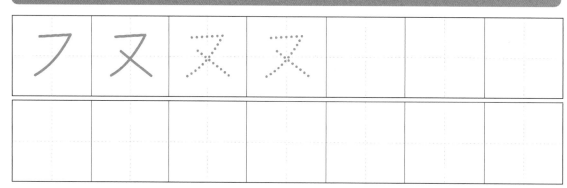

「ヌ」看起來像漢字的「又」。（漢字の「又」。）

第一章

嘴型（口の形）

	漢語拼音（ピンイン）	**an**
	相近發音（近い發音）	案内のアン
	聽一聽（聞きましょう）	🔊 MP3-034

寫一寫（書きましょう）

ㄢ	ㄢ	ㄢ	ㄢ			

「ㄢ」看起來像片假名「フ」加上閃電符號。（「フ」に雷マーク。）

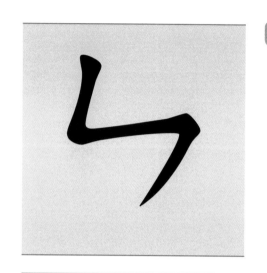

	漢語拼音（ピンイン）	en
	相近發音（近い發音）	エン
	聽一聽（聞きましょう）	MP3-035

寫一寫（書きましょう）

ㄣ	ㄣ	ㄣ				

「ㄣ」看起來像閃電符號。（雷マーク。）

48

嘴型（口の形）

 漢語拼音（ピンイン）　　**ang**

 相近發音（近い發音）　　案外のアン

 聽一聽（聞きましょう）　　🔊 MP3-036

寫一寫（書きましょう）

一	ナ	尢	尢	尢	

「尢」看起來像「大」的右腿拉長。（「大」の右足を伸ばします。）

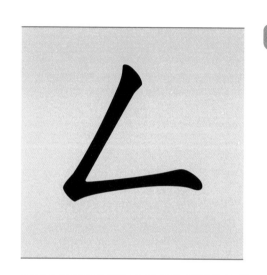

漢語拼音（ピンイン）		**eng**
相近發音（近い發音）		**オン**
聽一聽（聞きましょう）		🔊 MP3-037

寫一寫（書きましょう）

ㄥ	ㄥ	ㄥ				

「ㄥ」看起來像平假名「く」微調約 30 度。（30 度ぐらいの「く」。）

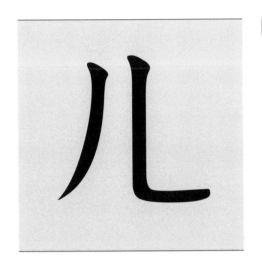

嘗型（口の形）

漢語拼音（ピンイン）		**er**
相近發音（近い發音）		**アル**
聽一聽（聞きましょう）		🔊 MP3-038

寫一寫（書きましょう）

ノ	儿	儿	儿			

「儿」看起來像片假名的「ル」。（「ル」に似ています。）

■ **MP3** 裡念的是哪一個？請打圈。 🔊 MP3-039

（発音されたものに〇を付けてみましょう。）

01） ㄨ（　　）ㄩ（　　）

02） ㄚ（　　）ㄛ（　　）

03） ㄛ（　　）ㄜ（　　）

04） ㄝ（　　）ㄟ（　　）

05） ㄞ（　　）ㄠ（　　）

06） ㄠ（　　）ㄡ（　　）

07） ㄢ（　　）ㄤ（　　）

08） ㄣ（　　）ㄥ（　　）

09） ㄢ（　　）ㄣ（　　）

10） ㄤ（　　）ㄥ（　　）

03 聲調 | 声調

3-1 四種聲調（四つの声調） 🔊 MP3-040

　　所謂的「聲調」，是指聲音的高低升降的調子。台灣華語裡有四種聲調。

　　（「声調」とは音の高低や上げ下げの調子を指します。台湾華語には四つの声調があります。）

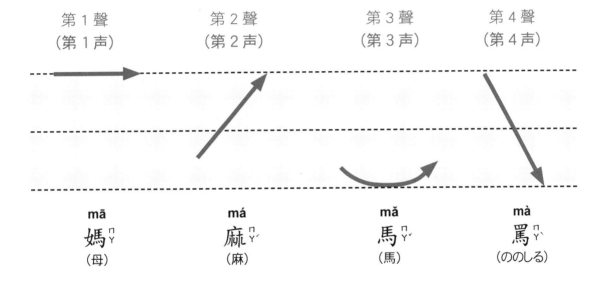

第１聲 （第１声）	第２聲 （第２声）	第３聲 （第３声）	第４聲 （第４声）
mā 媽ㄇㄚ （母）	má 麻ㄇㄚ （麻）	mǎ 馬ㄇㄚ （馬）	mà 罵ㄇㄚ （ののしる）

■聽 MP3 讀讀看。 🔊 MP3-041

（MP3 を聞いて読んでみましょう。）

01） ㄓ　ㄓˊ　ㄓˇ　ㄓˋ

02） ㄕ　ㄕˊ　ㄕˇ　ㄕˋ

03） ㄘ　ㄘˊ　ㄘˇ　ㄘˋ

04） ㄨ　ㄨˊ　ㄨˇ　ㄨˋ

05） ㄧ　ㄧˊ　ㄧˇ　ㄧˋ

06） ㄩ　ㄩˊ　ㄩˇ　ㄩˋ

07） ㄞ　ㄞˊ　ㄞˇ　ㄞˋ

08） ㄠ　ㄠˊ　ㄠˇ　ㄠˋ

3-2 輕聲(軽声) MP3-042

　　除了4聲之外，另外還有一個「輕聲」，會失去原本的聲調，根據前一個音節而改變音高，讀起來又輕又短。

　　（4声のほかに、「軽声」があります。本来の声調を失って、前の音節の声調によって軽く短く発音します。）

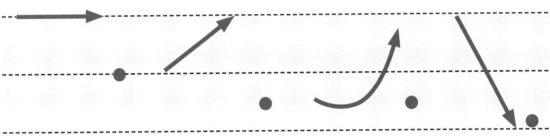

第 1 聲＋輕聲 (第 1 声+軽声)	第 2 聲＋輕聲 (第 2 声+軽声)	第 3 聲＋輕聲 (第 3 声+軽声)	第 4 聲＋輕聲 (第 4 声+軽声)
mā　ma 媽ㄇㄚ 媽ㄇㄚ˙ (お母さん)	yé　ye 爺ㄧㄝˊ 爺ㄧㄝ˙ (おじいさん)	nǎi　nai 奶ㄋㄞˇ 奶ㄋㄞ˙ (おばあさん)	bà　ba 爸ㄅㄚˋ 爸ㄅㄚ˙ (お父さん)

★ 媽媽：

辭典 1 聲＋輕聲	口語 1 聲＋1 聲
辞書 1 声＋軽声	口語 1 声＋1 声

★ 奶奶：

辭典 3 聲＋輕聲	口語 3 聲＋1 聲
辞書 3 声＋軽声	口語 3 声＋1 声

聽 MP3 讀讀看。（MP3 を聞いて読んでみましょう。） 🔊 MP3-043

	第1聲	第2聲	第3聲	第4聲	輕聲
第1聲	開車	今年	身體	商店	哥哥
第2聲	明天	銀行	朋友	容易	名字
第3聲	喜歡	美國	哪裡	高興	姊姊＝姐姐
第4聲	地方	大學	下午	現在	弟弟

	第1聲	第2聲	第3聲	第4聲	輕聲
第1聲	ㄎㄞ ㄔㄜ	ㄐㄧㄣ ㄋㄧㄢˊ	ㄕㄣ ㄊㄧˇ	ㄕㄤ ㄉㄧㄢˋ	ㄍㄜ ㄍㄜ˙
第2聲	ㄇㄧㄥˊ ㄊㄧㄢ	ㄧㄣˊ ㄏㄤˊ	ㄆㄥˊ ㄧㄡˇ	ㄖㄨㄥˊ ㄧˋ	ㄇㄧㄥˊ ㄗ˙
第3聲	ㄒㄧˇ ㄏㄨㄢ	ㄇㄟˇ ㄍㄨㄛˊ	ㄋㄚˇ ㄌㄧˇ	ㄍㄠ ㄒㄧㄥˋ	ㄐㄧㄝˇ ㄐㄧㄝ˙
第4聲	ㄉㄧˋ ㄈㄤ	ㄉㄚˋ ㄒㄩㄝˊ	ㄒㄧㄚˋ ㄨˇ	ㄒㄧㄢˋ ㄗㄞˋ	ㄉㄧˋ ㄉㄧ˙

	第1声	第2声	第3声	第4声	軽声
第1声	運転する	今年	体	商店	兄
第2声	明日	銀行	友達	易しい	名前
第3声	好きである	アメリカ	どこ	嬉しい	姉
第4声	場所	大学	午後	現在	弟

★ 哥哥： 辭典 1 聲＋輕聲　　口語 1 聲＋1 聲

　　　　 辞書 1 声＋軽声　　口語 1 声＋1 声

★ 姊姊＝姐姐： 辭典 3 聲＋輕聲　　口語 3 聲＋1 聲／3 聲＋2 聲

　　　　　　　 辞書 3 声＋軽声　　口語 3 声＋1 声／3 声＋2 声

04 注音拼讀 | 注音の組み合わせ

4-1 注音符號的組成（注音符号の構成）

• 〈直式〉（縦書き）

| ㄐ | 聲母（子音） |
| ㄧ
ㄤ˘ | 韻母＋聲調
（母音＋声調） |

• 〈橫式〉（横書き）

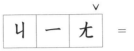

| ㄐ | ㄧ | ㄤ˘ |
= | ㄐ | ㄧ | ㄤ˘ |

聲　韻　＋　聲
母　母　　　調
（　（　　　（
子　母　　　声
音　音　　　調
）　）　　　）

講ㄐㄧㄤ˘
（言う、話す）

聲母：有時會沒有

韻母：有時 1 個，有時 2 個

聲調：① 1 個韻母時，標在其右上方，如：ㄩ˘

② 2 個韻母時，標在第 2 個母音的右上方，如：ㄧㄤ˘

③ 只有 1 個聲母時，標在其右上方，如：ㄓˋ

④ 輕聲的符號標在最前方，如：˙ㄚ

子音：ない場合もある

母音：1つの場合と2つの場合がある

声調：① 母音が1つの場合はその右上に。例：ㄩ˘

② 母音が2つの場合は、2つめの母音の右上に。例：ㄧㄤ˘

③ 子音1つだけの場合、その右上に。例：ㄓˋ

④ 軽声の記号は先頭につけます。例：˙ㄚ

4-2「聲母 + 韻母」的組合（「子音＋母音」の組み合わせ）

上：漢語拼音，下：注音符號　　（上：ピンイン、下：注音符号）

★ 無標註聲調符號的漢語拼音，我們則發成一聲來練習看看吧！
　（声調記号がないピンインは、1声で練習してみましょう。）

b	ba	bo	bai	bei	bao	ban	ben	bang
	ㄅㄚ	ㄅㄛ	ㄅㄞ	ㄅㄟ	ㄅㄠ	ㄅㄢ	ㄅㄣ	ㄅㄤ
ㄅ	bu	beng	bi	bie	biao	bian	bin	bing
	ㄅㄨ	ㄅㄥ	ㄅㄧ	ㄅㄧㄝ	ㄅㄧㄠ	ㄅㄧㄢ	ㄅㄧㄣ	ㄅㄧㄥ
🔊 MP3-044								

例	bái 白 ㄅㄞˊ （白）			běi 北 ㄅㄟˇ （北）			bàn 半 ㄅㄢˋ （半分）	

p	pa	po	pai	pei	pao	pou	pan	pen
	ㄆㄚ	ㄆㄛ	ㄆㄞ	ㄆㄟ	ㄆㄠ	ㄆㄡ	ㄆㄢ	ㄆㄣ
ㄆ	pang	peng	pi	pie	piao	pian	pin	ping
	ㄆㄤ	ㄆㄥ	ㄆㄧ	ㄆㄧㄝ	ㄆㄧㄠ	ㄆㄧㄢ	ㄆㄧㄣ	ㄆㄧㄥ
	pu							
	ㄆㄨ							
🔊 MP3-045								

例	pá 爬 ㄆㄚˊ （はう）			pǎo 跑 ㄆㄠˇ （走る）			pí 皮 ㄆㄧˊ （皮）	

m	ma	mo	me	mai	mei	mao	mou	man	men
	ㄇㄚ	ㄇㄛ	ㄇㄜ	ㄇㄞ	ㄇㄟ	ㄇㄠ	ㄇㄡ	ㄇㄢ	ㄇㄣ
	mang	meng	mi	mie	miao	miu	mian	min	ming
	ㄇㄤ	ㄇㄥ	ㄇㄧ	ㄇㄧㄝ	ㄇㄧㄠ	ㄇㄧㄡ	ㄇㄧㄢ	ㄇㄧㄣ	ㄇㄧㄥ
ㄇ	mu								
MP3-046	ㄇㄨ								

例	mǎ 馬ㄇㄚˇ（馬）	měi 美ㄇㄟˇ（美しい）	mén 門ㄇㄣˊ（ドア）

f	fa	fo	fei	fou	fan	fen	fang	feng
	ㄈㄚ	ㄈㄛ	ㄈㄟ	ㄈㄡ	ㄈㄢ	ㄈㄣ	ㄈㄤ	ㄈㄥ
ㄈ	fu							
MP3-047	ㄈㄨ							

例	fā 發ㄈㄚ（支給する、発射する）	fó 佛ㄈㄛˊ（仏）	fù 付ㄈㄨˋ（支払う）

ㄉ d

da	de	dai	dei	dao	dou	dan	dang	deng
ㄉㄚ	ㄉㄜ	ㄉㄞ	ㄉㄟ	ㄉㄠ	ㄉㄡ	ㄉㄢ	ㄉㄤ	ㄉㄥ
di	die	diao	diu	dian	ding	du	duo	dui
ㄉㄧ	ㄉㄧㄝ	ㄉㄧㄠ	ㄉㄧㄡ	ㄉㄧㄢ	ㄉㄧㄥ	ㄉㄨ	ㄉㄨㄛ	ㄉㄨㄟ
duan	dun	dong						
ㄉㄨㄢ	ㄉㄨㄣ	ㄉㄨㄥ						

MP3-048

例

dā 搭ㄉㄚ	diàn 店ㄉㄧㄢ	duō 多ㄉㄨㄛ
（乗る、組み立てる）	（店）	（多い）

ㄊ t

ta	te	tai	tao	tou	tan	tang	teng	ti
ㄊㄚ	ㄊㄜ	ㄊㄞ	ㄊㄠ	ㄊㄡ	ㄊㄢ	ㄊㄤ	ㄊㄥ	ㄊㄧ
tie	tiao	tian	ting	tu	tuo	tui	tuan	tun
ㄊㄧㄝ	ㄊㄧㄠ	ㄊㄧㄢ	ㄊㄧㄥ	ㄊㄨ	ㄊㄨㄛ	ㄊㄨㄟ	ㄊㄨㄢ	ㄊㄨㄣ
tong								
ㄊㄨㄥ								

MP3-049

例

tōu 偷ㄊㄡ	tán 談ㄊㄢ	tāng 湯ㄊㄤ
（盗む）	（話す、討論する）	（スープ）

60

n	na	ne	nai	nei	nao	nou	nan	nen	nang
	ㄋㄚ	ㄋㄜ	ㄋㄞ	ㄋㄟ	ㄋㄠ	ㄋㄡ	ㄋㄢ	ㄋㄣ	ㄋㄤ
	neng	ni	nu	nü	nie	niao	niu	nian	nin
	ㄋㄥ	ㄋㄧ	ㄋㄨ	ㄋㄩ	ㄋㄧㄝ	ㄋㄧㄠ	ㄋㄧㄡ	ㄋㄧㄢ	ㄋㄧㄣ
ㄋ	niang	ning	nuo	nuan	nong	nüe			
MP3-050	ㄋㄧㄤ	ㄋㄧㄥ	ㄋㄨㄛ	ㄋㄨㄢ	ㄋㄨㄥ	ㄋㄩㄝ			

例	ná 拿 ㄋㄚ （取る、持つ）	nán 南 ㄋㄢ （南）	niú 牛 ㄋㄧㄡ （牛）

l	la	lo	lei	lai	le	lao	lou	lan	lang
	ㄌㄚ	ㄌㄛ	ㄌㄟ	ㄌㄞ	ㄌㄜ	ㄌㄠ	ㄌㄡ	ㄌㄢ	ㄌㄤ
	leng	li	lia	lie	liao	liu	lian	lin	liang
	ㄌㄥ	ㄌㄧ	ㄌㄧㄚ	ㄌㄧㄝ	ㄌㄧㄠ	ㄌㄧㄡ	ㄌㄧㄢ	ㄌㄧㄣ	ㄌㄧㄤ
ㄌ	ling	lu	luo	luan	lun	long	lü	lüe	
MP3-051	ㄌㄧㄥ	ㄌㄨ	ㄌㄨㄛ	ㄌㄨㄢ	ㄌㄨㄣ	ㄌㄨㄥ	ㄌㄩ	ㄌㄩㄝ	

例	lā 拉 ㄌㄚ （引く）	lěng 冷 ㄌㄥ （寒い、冷たい）	liǎn 臉 ㄌㄧㄢ （顔）

g	ga	ge	gai	gei	gao	gou	gan	gen	gang
	ㄍㄚ	ㄍㄜ	ㄍㄞ	ㄍㄟ	ㄍㄠ	ㄍㄡ	ㄍㄢ	ㄍㄣ	ㄍㄤ
ㄍ	geng	gu	gua	guo	guai	gui	guan	gun	guang
	ㄍㄥ	ㄍㄨ	ㄍㄨㄚ	ㄍㄨㄛ	ㄍㄨㄞ	ㄍㄨㄟ	ㄍㄨㄢ	ㄍㄨㄣ	ㄍㄨㄤ
🔊 MP3-052	gong								
	ㄍㄨㄥ								

例	gǎi 改 ㄍㄞˇ （変える、訂正する）	gěi 給 ㄍㄟˇ （与える）	gǒu 狗 ㄍㄡˇ （犬）

k	ka	ke	kai	kao	kou	kan	ken	kang	keng
	ㄎㄚ	ㄎㄜ	ㄎㄞ	ㄎㄠ	ㄎㄡ	ㄎㄢ	ㄎㄣ	ㄎㄤ	ㄎㄥ
ㄎ	ku	kua	kuo	kuai	kui	kuan	kun	kuang	kong
🔊 MP3-053	ㄎㄨ	ㄎㄨㄚ	ㄎㄨㄛ	ㄎㄨㄞ	ㄎㄨㄟ	ㄎㄨㄢ	ㄎㄨㄣ	ㄎㄨㄤ	ㄎㄨㄥ

例	kāi 開 ㄎㄞ （開ける、開く）	kǔ 苦 ㄎㄨˇ （苦い）	kuān 寬 ㄎㄨㄢ （広い）

h	ha	he	hai	hei	hao	hou	han	hen	hang
	ㄏㄚ	ㄏㄜ	ㄏㄞ	ㄏㄟ	ㄏㄠ	ㄏㄡ	ㄏㄢ	ㄏㄣ	ㄏㄤ
	heng	hu	hua	huo	huai	hui	huan	hun	huang
ㄏ	ㄏㄥ	ㄏㄨ	ㄏㄨㄚ	ㄏㄨㄛ	ㄏㄨㄞ	ㄏㄨㄟ	ㄏㄨㄢ	ㄏㄨㄣ	ㄏㄨㄤ
	hong								
🔊 MP3-054	ㄏㄨㄥ								

例	hǎi 海 ㄏㄞˇ（海）	hēi 黑 ㄏㄟ（黑）	hǎo 好 ㄏㄠˇ（よい、優れている）

j	ji	jia	jie	jiao	jiu	jian	jin	jiang	jing
	ㄐㄧ	ㄐㄧㄚ	ㄐㄧㄝ	ㄐㄧㄠ	ㄐㄧㄡ	ㄐㄧㄢ	ㄐㄧㄣ	ㄐㄧㄤ	ㄐㄧㄥ
ㄐ	ju	jue	juan	jun	jiong				
🔊 MP3-055	ㄐㄩ	ㄐㄩㄝ	ㄐㄩㄢ	ㄐㄩㄣ	ㄐㄩㄥ				

例	jiā 加 ㄐㄧㄚ（加える、足す）	jiǎo 脚 ㄐㄧㄠˇ（足）	jìn 近 ㄐㄧㄣˋ（近い）

q ㄑ

🔊 MP3-056

qi	qia	qie	qiao	qiu	qian	qin	qiang	qing
ㄑ一	ㄑㄚ	ㄑㄝ	ㄑㄠ	ㄑㄡ	ㄑㄢ	ㄑㄣ	ㄑㄤ	ㄑㄥ
qu	que	quan	qun	qiong				
ㄑㄩ	ㄑㄩㄝ	ㄑㄩㄢ	ㄑㄩㄣ	ㄑㄩㄥ				

例

qiē	qiáng	qīng
切 ㄑㄝ	強 ㄑㄤ	輕 ㄑㄥ
（切る）	（強い）	（軽い）

x ㄒ

🔊 MP3-057

xi	xia	xie	xiao	xiu	xian	xin	xiang	xing
ㄒ一	ㄒㄚ	ㄒㄝ	ㄒㄠ	ㄒㄡ	ㄒㄢ	ㄒㄣ	ㄒㄤ	ㄒㄥ
xu	xue	xuan	xun	xiong				
ㄒㄩ	ㄒㄩㄝ	ㄒㄩㄢ	ㄒㄩㄣ	ㄒㄩㄥ				

例

xì	xié	xìn
細 ㄒ一	鞋 ㄒㄝ	信 ㄒㄣ
（細い）	（靴）	（手紙）

zh(i) ㄓ

🔊 MP3-058

zha	zhe	zhai	zhei	zhao	zhou	zhan	zhen	zhang
ㄓㄚ	ㄓㄜ	ㄓㄞ	ㄓㄟ	ㄓㄠ	ㄓㄡ	ㄓㄢ	ㄓㄣ	ㄓㄤ
zheng	zhi	zhu	zhua	zhuo	zhuai	zhui	zhuan	zhun
ㄓㄥ	ㄓ	ㄓㄨ	ㄓㄨㄚ	ㄓㄨㄛ	ㄓㄨㄞ	ㄓㄨㄟ	ㄓㄨㄢ	ㄓㄨㄣ
zhuang	zhong							
ㄓㄨㄤ	ㄓㄨㄥ							

例

zhǐ	zhuī	zhòng
紙 ㄓ	追 ㄓㄨㄟ	重 ㄓㄨㄥ
（紙）	（追いかける）	（重い）

ch(i)	cha	che	chai	chao	chou	chan	chen	chang	cheng
	彳ㄚ	彳ㄜ	彳ㄞ	彳ㄠ	彳ㄡ	彳ㄢ	彳ㄣ	彳ㄤ	彳ㄥ
	chi	chu	chua	chuo	chuai	chui	chuan	chun	chuang
	彳	彳ㄨ	彳ㄨㄚ	彳ㄨㄛ	彳ㄨㄞ	彳ㄨㄟ	彳ㄨㄢ	彳ㄨㄣ	彳ㄨㄤ

彳

🔊 MP3-059

chong
彳ㄨㄥ

例

cháng	chuán	chuáng
常 彳ㄤ	船 彳ㄨㄢ	床 彳ㄨㄤ
（常に）	（船）	（ベッド）

sh(i)	sha	she	shai	shei	shao	shou	shan	shen	shang
	ㄕㄚ	ㄕㄜ	ㄕㄞ	ㄕㄟ	ㄕㄠ	ㄕㄡ	ㄕㄢ	ㄕㄣ	ㄕㄤ
	sheng	shi	shu	shua	shuo	shuai	shui	shuan	shun
	ㄕㄥ	ㄕ	ㄕㄨ	ㄕㄨㄚ	ㄕㄨㄛ	ㄕㄨㄞ	ㄕㄨㄟ	ㄕㄨㄢ	ㄕㄨㄣ

尸

🔊 MP3-060

shuang
ㄕㄨㄤ

例

shǎo	shǒu	shuǐ
少 ㄕㄠ	手 ㄕㄡ	水 ㄕㄨㄟ
（少ない）	（手）	（水）

r(i)	re	rao	rou	ran	ren	rang	reng	ri	ru
	ㄖㄜ	ㄖㄠ	ㄖㄡ	ㄖㄢ	ㄖㄣ	ㄖㄤ	ㄖㄥ	ㄖ	ㄖㄨ
	ruo	rui	ruan	run	rong				
ㄖ MP3-061	ㄖㄨㄛ	ㄖㄨㄟ	ㄖㄨㄢ	ㄖㄨㄣ	ㄖㄨㄥ				

例	rè 熱 ㄖㄜ （暑い）	ròu 肉 ㄖㄡ （肉）	ruǎn 軟 ㄖㄨㄢ （柔らかい）

z(i)	za	ze	zai	zei	zao	zou	zan	zen	zang
	ㄗㄚ	ㄗㄜ	ㄗㄞ	ㄗㄟ	ㄗㄠ	ㄗㄡ	ㄗㄢ	ㄗㄣ	ㄗㄤ
	zeng	zi	zu	zou	zui	zuan	zun	zong	
ㄗ MP3-062	ㄗㄥ	ㄗ	ㄗㄨ	ㄗㄨㄛ	ㄗㄨㄟ	ㄗㄨㄢ	ㄗㄨㄣ	ㄗㄨㄥ	

例	zǎo 早 ㄗㄠ （早い）	zì 字 ㄗ （字）	zuò 坐 ㄗㄨㄛ （座る）

c(i)	ca	ce	cai	cao	cou	can	cen	cang	ceng
	ㄘㄚ	ㄘㄜ	ㄘㄞ	ㄘㄠ	ㄘㄡ	ㄘㄢ	ㄘㄣ	ㄘㄤ	ㄘㄥ
	ci	cu	cuo	cui	cuan	cun	cong		
ㄘ MP3-063	ㄘ	ㄘㄨ	ㄘㄨㄛ	ㄘㄨㄟ	ㄘㄨㄢ	ㄘㄨㄣ	ㄘㄨㄥ		

例	cài 菜 ㄘㄞ （料理）	cǎo 草 ㄘㄠ （草）	cū 粗 ㄘㄨ （太い）

s(i)	sa	se	sai	sao	sou	san	sen	sang	seng
ㄙ	ㄙㄚ	ㄙㄜ	ㄙㄞ	ㄙㄠ	ㄙㄡ	ㄙㄢ	ㄙㄣ	ㄙㄤ	ㄙㄥ
🔊 MP3-064	si	su	suo	sui	san	sun	song		
	ㄙ	ㄙㄨ	ㄙㄨㄛ	ㄙㄨㄟ	ㄙㄨㄢ	ㄙㄨㄣ	ㄙㄨㄥ		

例	suì 歲 ㄙㄨㄟˋ （…歲）	suān 酸 ㄙㄨㄢ （酸っぱい）	sòng 送 ㄙㄨㄥˋ （届ける、贈る）

4-3「韻母 + 韻母」的組合（複母音の組み合わせ）

yi, -i	ya, -ia	yo	ye, -ie	yai	yao, -iao	you, -iu	yan, -ian	yin, -in
ㄧ	ㄧㄚ	ㄧㄛ	ㄧㄝ	ㄧㄞ	ㄧㄠ	ㄧㄡ	ㄧㄢ	ㄧㄣ
	yang, -iang	ying, -ing						
MP3-065	ㄧㄤ	ㄧㄥ						

例		
yā 鴨 ㄧㄚ （カモ、アヒル）	yān 煙 ㄧㄢ （煙）	yáng 羊 ㄧㄤˊ （羊）

wu, -u	wu, -ua	wo, -uo	wai, -uai	wei, -ui	wan, -uan	wen, -un	wang, -uang	weng, -ong
ㄨ MP3-066	ㄨㄚ	ㄨㄛ	ㄨㄞ	ㄨㄟ	ㄨㄢ	ㄨㄣ	ㄨㄤ	ㄨㄥ

例		
wāi 歪 ㄨㄞ （歪んでいる）	wǎn 晚 ㄨㄢˇ （遅い）	wēn 溫 ㄨㄣ （温かい、ぬるい）

yu, -u / ü	yue, -üe	yuan, -üan	yun, -ün	yong, -iong
ㄩ MP3-067	ㄩㄝ	ㄩㄢ	ㄩㄣ	ㄩㄥ

例		
yuǎn 遠 ㄩㄢˇ （遠い）	yún 雲 ㄩㄣˊ （雲）	yòng 用 ㄩㄥˋ （使う）

第二章
單字100
（単語100）

01 **名詞**（名詞）
02 **形容詞**（形容詞）
03 **動詞**（動詞）

01 名詞 | 名詞

1-1 國家（国）

🔊 MP3-068

zhōng guó
中 ㄓㄨㄥ 國 ㄍㄨㄛˊ 中 國
中 国

měi guó
美 ㄇㄟˇ 國 ㄍㄨㄛˊ 美 國
アメリカ

rì běn
日 ㄖˋ 本 ㄅㄣˇ 日 本
日 本

tái wān
台 ㄊㄞˊ 灣 ㄨㄢ 台 灣
台 湾

★ 台＝臺

wǒ shì rì běn rén
例 我是日本人。（私は日本人です。）
ㄨㄛˇ ㄕˋ ㄖˋ ㄅㄣˇ ㄖㄣˊ

1-2 數字（数字）

MP3-069

líng
零 ㄌㄧㄥˊ
零
0

bàn
半 ㄅㄢˋ
半
半分

yī
一 ㄧ
一
1

èr | liǎng
二 ㄦˋ / 兩 ㄌㄧㄤˇ
二 兩
2   2

sān
三 ㄙㄢ
三
3

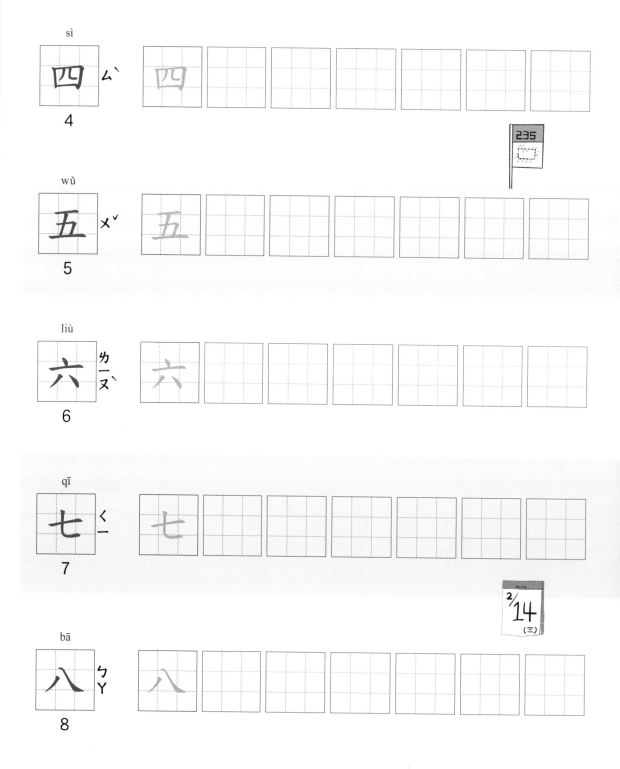

sì
四 ㄙˋ
4

wǔ
五 ㄨˇ
5

liù
六 ㄌㄧㄡˋ
6

qī
七 ㄑㄧ
7

bā
八 ㄅㄚ
8

235

2/14
(三)

72

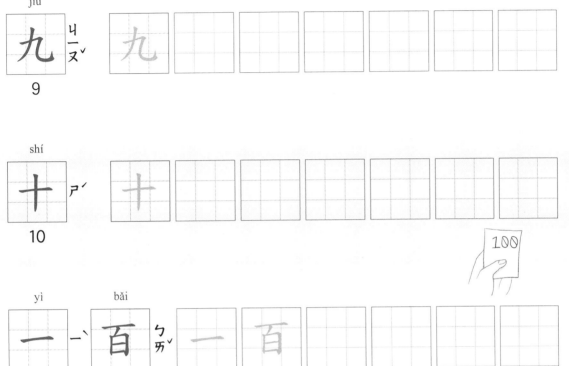

例 wǒ yào liǎng ge 我要兩個。（私は二つ欲しいです。）

★二個 → X

第二章

qù 去 ㄑㄩˋ
去

nián 年 ㄋㄧㄢˊ
年

去 年

zuó 昨 ㄗㄨㄛˊ
昨

tiān 天 ㄊㄧㄢ
日

昨 天

jīn 今 ㄐㄧㄣ
今

nián 年 ㄋㄧㄢˊ
年

今 年

jīn 今 ㄐㄧㄣ
今

tiān 天 ㄊㄧㄢ
日

今 天

míng 明 ㄇㄧㄥˊ
来

nián 年 ㄋㄧㄢˊ
年

明 年

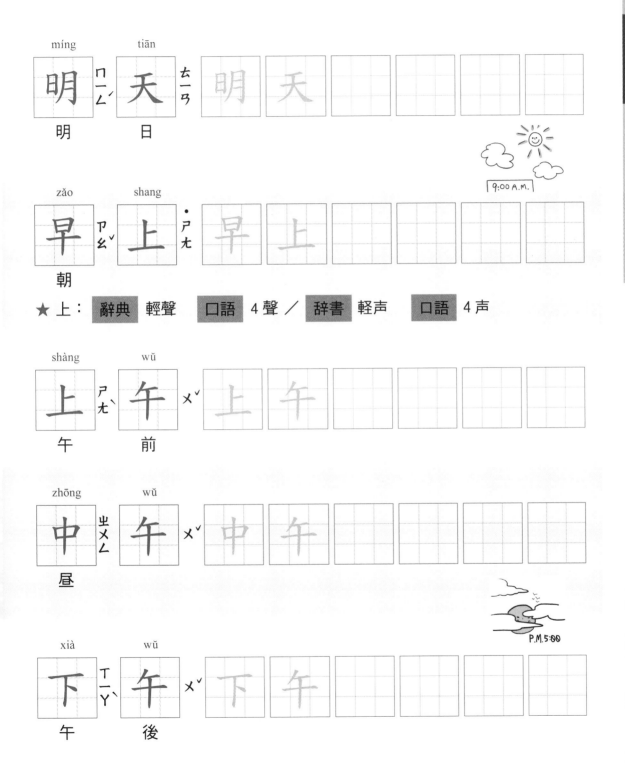

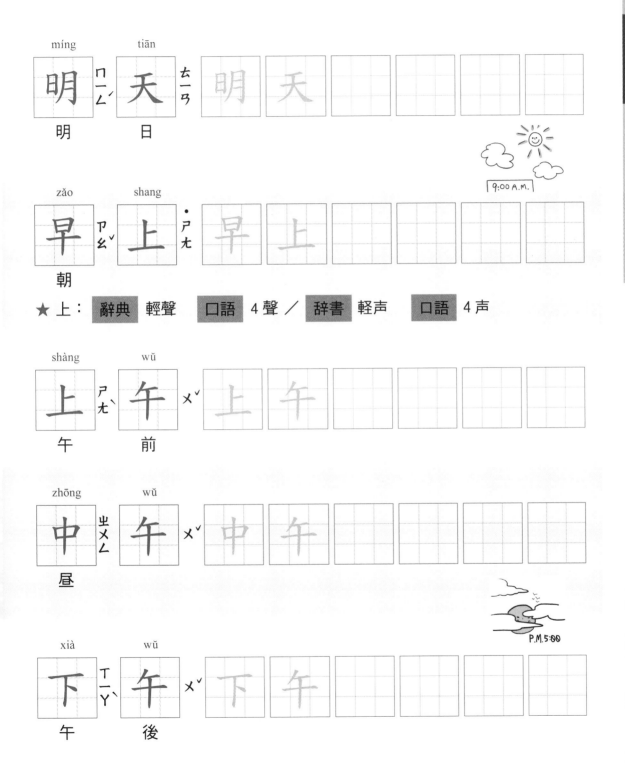

míng 明 ㄇㄥˊ　明　明 天
tiān 天 ㄊㄧㄢ　日

zǎo 早 ㄗㄠˇ　朝　早 上
shang 上 ·ㄕㄤ

★上：辭典 輕聲　口語 4 聲 ／ 辞書 軽声　口語 4 声

shàng 上 ㄕㄤˋ　午　上 午
wǔ 午 ㄨˇ　前

zhōng 中 ㄓㄨㄥ　昼　中 午
wǔ 午 ㄨˇ

xià 下 ㄒㄧㄚˋ　午　下 午
wǔ 午 ㄨˇ　後

9:00 A.M.

P.M. 5:00

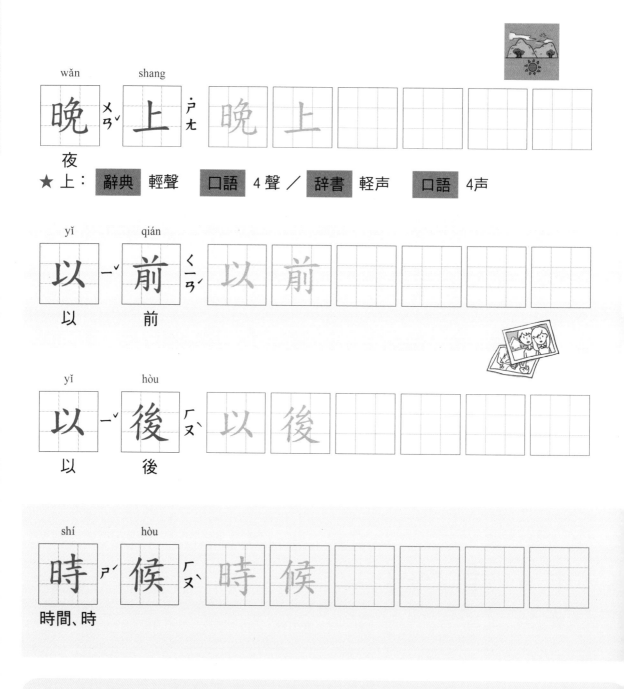

wǎn　　shang
晚 ㄨㄢˇ　上 ㄕ ㄤ　晚　上
夜

★ 上：辭典 輕聲　口語 4聲 ／ 辞書 軽声　口語 4声

yǐ　　qián
以 ㄧˇ　前 ㄑㄧㄢˊ　以　前
以　　前

yǐ　　hòu
以 ㄧˇ　後 ㄏㄡˋ　以　後
以　　後

shí　　hòu
時 ㄕˊ　候 ㄏㄡˋ　時　候
時間、時

wǒ míng tiān qù
例　我　明　天　去。（私は明日行きます。）
　　ㄨㄛˇ ㄇㄧㄥˊ ㄊㄧㄢ ㄑㄩˋ

1-4 家人（家族）

MP3-071

bà　ba
爸　ㄅㄚˋ　爸　ㄅㄚ　爸　爸
お父さん

mā　ma
媽　ㄇㄚ　媽　ㄇㄚ　媽　媽
お母さん

gē　ge
哥　ㄍㄜ　哥　ㄍㄜ　哥　哥
兄、兄さん

jiě　jie
姊　ㄐㄧㄝˇ　姊　ㄐㄧㄝ　姊　姊
姉、姉さん

jiě　jie
姐　ㄐㄧㄝˇ　姐　ㄐㄧㄝ　姐　姐
姉、姉さん

dì　　di

弟 ㄉ丶一 弟 ㄉ丶一 弟 弟 □ □ □ □

弟

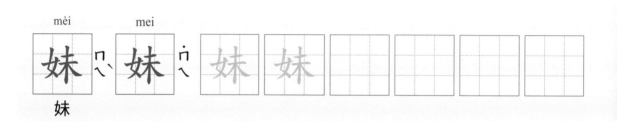

mèi　　mei

妹 ㄇㄟ丶 妹 ㄇㄟ丶 妹 妹 □ □ □ □

妹

例
wǒ yǒu gē ge
我有哥哥。（私には兄がいます。）
ㄨ ㄧ ㄍ ㄍ
ㄛˇ ㄡˇ ㄜ ㄜ

1-5 人稱代名詞（人称代名詞） 🔊 MP3-072

wǒ
我 ㄨ　ㄛˇ
私

我						

nǐ
你 ㄋ　ㄧˇ
あなた

你						

nǐ
妳 ㄋ　ㄧˇ
あなた（二人称女性）

妳						

nín
您 ㄋ　ㄧ　ㄣˊ
あなた（「你」の敬称）

您						

tā
他 ㄊ　ㄚ
彼

他						

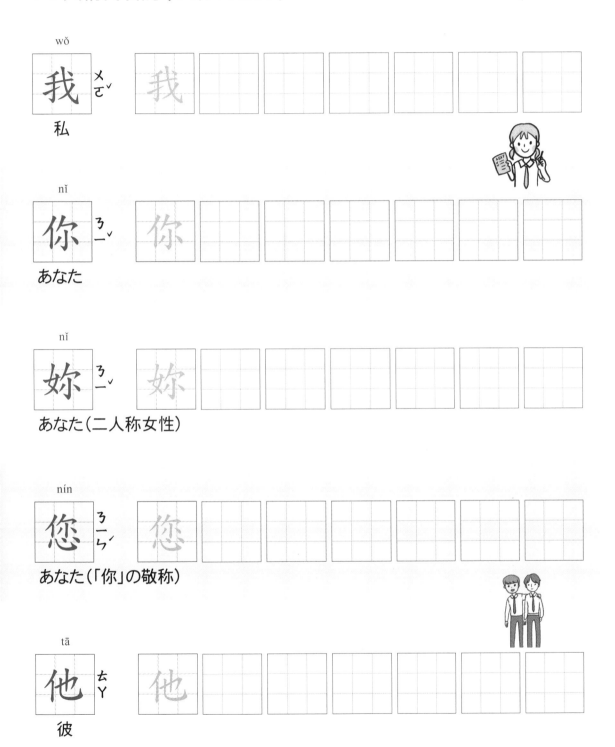

tā
她 ㄊㄚ
彼女

wǒ　mén
我 ㄨㄛˇ　們 ㄇㄣˊ
私たち

nǐ　mén
你 ㄋㄧˇ　們 ㄇㄣˊ
あなたたち

nǐ　mén
妳 ㄋㄧˇ　們 ㄇㄣˊ
あなたたち（貴女達）

tā　mén
他 ㄊㄚ　們 ㄇㄣˊ
彼ら

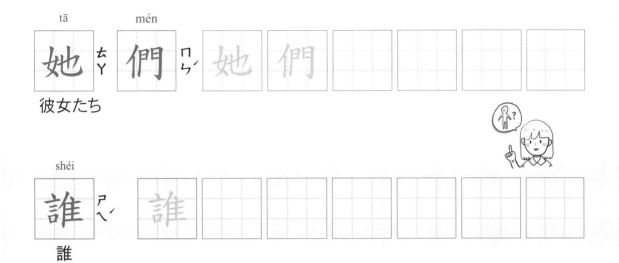

tā　　　mén

她 ㄊㄚ　們 ㄇㄣˊ　她　們

彼女たち

shéi

誰 ㄕㄟˊ　誰

誰

例 tā　hǎo　ma
他好嗎？（彼は元気ですか？）
ㄊㄚ　ㄏㄠˇ　˙ㄇㄚ

第二章

1-6 教育（教育）

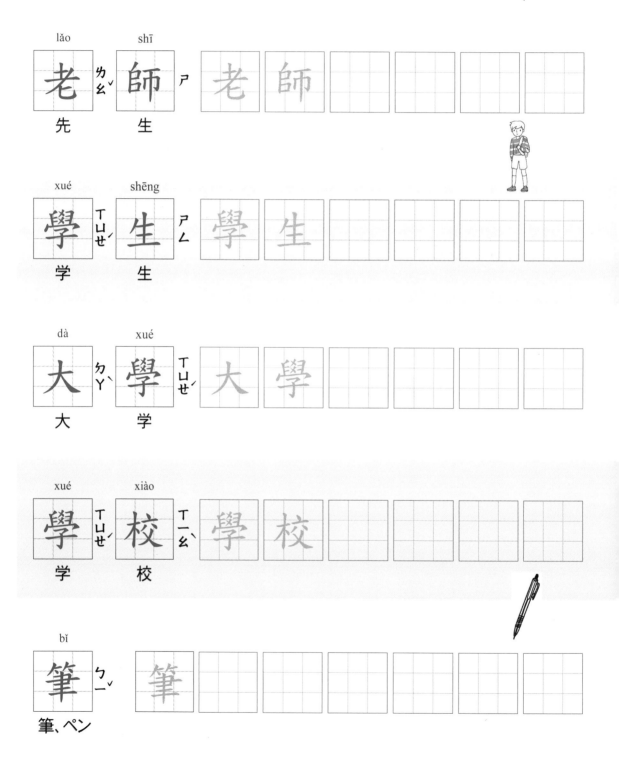

lǎo
老 ㄌㄠˇ
先

shī
師 ㄕ
生

老　師

xué
學 ㄒㄩㄝˊ
学

shēng
生 ㄕㄥ
生

學　生

dà
大 ㄅㄚˋ
大

xué
學 ㄒㄩㄝˊ
学

大　學

xué
學 ㄒㄩㄝˊ
学

xiào
校 ㄒㄧㄠˋ
校

學　校

bǐ
筆 ㄅㄧˇ
筆、ペン

筆

diàn　nǎo
電 ㄉㄧㄢˋ　腦 ㄋㄠˇ　電　腦

コンピューター

shàng　kè
上 ㄕㄤˋ　課 ㄎㄜˋ　上　課

授業に出る、授業を始める

zì
字 ㄗˋ　字

字、文字

shū
書 ㄕㄨ　書

書物、本

wǒ méi yǒu bǐ
例 我沒有筆。（私は<u>ペン</u>を持っていません。）
　ㄨㄛˇ ㄇㄟˊ ㄧㄡˇ ㄅㄧˇ

jiā
家 ㄐㄧㄚ
家庭、家

diàn 電 ㄉㄧㄢˋ
電

huà 話 ㄏㄨㄚˋ
話

diàn 電 ㄉㄧㄢˋ
テレビ

shì 視 ㄕˋ

jī 機 ㄐㄧ

shuǐ 水 ㄕㄨㄟˇ
水

diàn 電 ㄉㄧㄢˋ
映

yǐng 影 ㄧㄥˇ
画

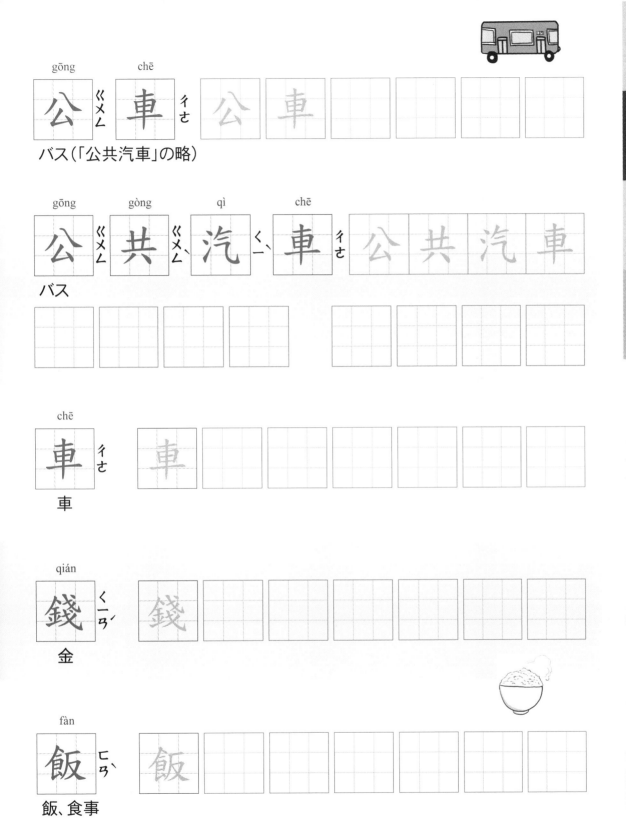

gōng　chē
公　車
《ㄨㄥ　ㄔㄜ
公　車

バス（「公共汽車」の略）

gōng　gòng　qì　chē
公　共　汽　車
《ㄨㄥ　《ㄨㄥ、　ㄑㄧ、　ㄔㄜ
公　共　汽　車

バス

chē
車
ㄔㄜ
車

車

qián
錢
ㄑㄧㄢˊ
錢

金

fàn
飯
ㄈㄢ、
飯

飯、食事

東 ㄉㄨㄥ　西 ㄒㄧ　東　西
dōng　　　xi

物

★ 西：　辭典 輕聲　　口語 1聲 ／　辭書 軽声　　口語 1声

朋 ㄆㄥˊ　友 ㄧㄡˇ　朋　友
péng　　　yǒu

友　　達

名 ㄇㄧㄥˊ　字 ㄗˋ　名　字
míng　　　zi

名前、名称

什 ㄕㄣˊ　麼 ㄇㄜ˙　什　麼
shén　　　me

なに、どんな

★ 什麼：　辭典 2聲+輕聲　口語 3聲＋2聲 ／　辭書 2声+軽声　口語 3声＋2声

例　錢 怎 麼 寫 ？（錢ってどう書きますか？）
　　ㄑㄧㄢˊ ㄗㄣˇ ㄇㄜ˙ ㄒㄧㄝˇ
　　qián zěn me xiě

02 形容詞 ｜ 形容詞

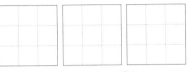 MP3-075

第二章

gāo xìng

高〈ㄠ 興 ㄒㄧㄥˋ 高 興

うれしい、楽しい

piào liang

漂 ㄆㄧㄠˋ 亮 ㄌㄧㄤˋ 漂 亮

美しい、見事である

★ 亮： 辭典 輕聲 ｜ 口語 4聲 ／ 辞書 軽声 ｜ 口語 4声

máng

忙 ㄇㄤˊ 忙

忙しい

guì

貴 ㄍㄨㄟˋ 貴

値段が高い

pián yi

便 ㄆㄧㄢˊ 宜 ㄧˊ 便 宜

値段が安い

★ 宜： 辭典 輕聲 ｜ 口語 2聲 ／ 辞書 軽声 ｜ 口語 2声

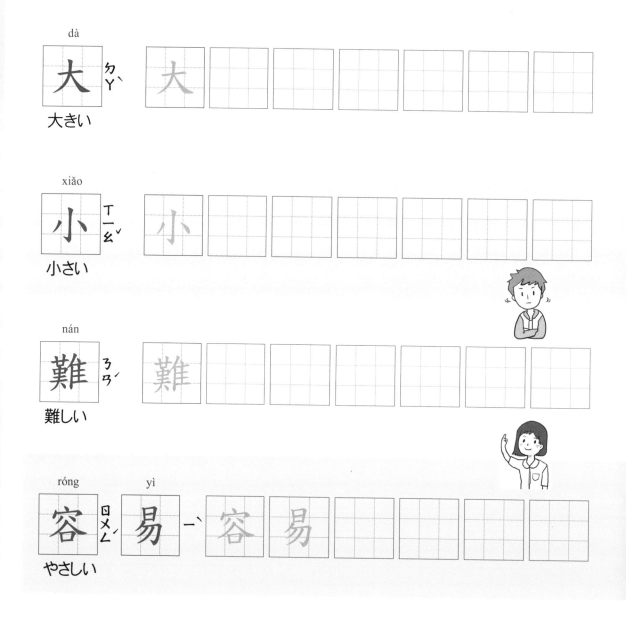

dà
大
ㄅㄚˋ
大きい

xiǎo
小
ㄒ一ㄠˇ
小さい

nán
難
ㄋㄢˊ
難しい

róng
容
ㄖㄨㄥˊ

yì
易
一ˋ
やさしい

★ 在華語文能力測驗中，上述詞彙被歸類為「不及物狀態動詞」＝「Vs」(intransitive state verbs)

　（華語文能力測檢 ＝ TOCEL では、上記の単語は「自動詞を表す状態動詞」に分けられています。）

例　<ruby>我<rt>wǒ</rt></ruby><ruby>很<rt>hěn</rt></ruby><ruby>高<rt>gāo</rt></ruby><ruby>興<rt>xìng</rt></ruby>。（私は<u>嬉しい</u>です。）

例　<ruby>這<rt>zhè</rt></ruby><ruby>個<rt>ge</rt></ruby><ruby>很<rt>hěn</rt></ruby><ruby>大<rt>dà</rt></ruby>。（これは<u>大きい</u>です。）

■ MP3-076

xué

學 ㄒㄩㄝˊ
学ぶ、勉強する

wèn

問 ㄨㄣˋ
尋ねる、聞く

shuō

說 ㄕㄨㄛ
話す、言う

xiě

寫 ㄒㄧㄝˇ
書く

tīng

聽 ㄊㄧㄥ
聞く

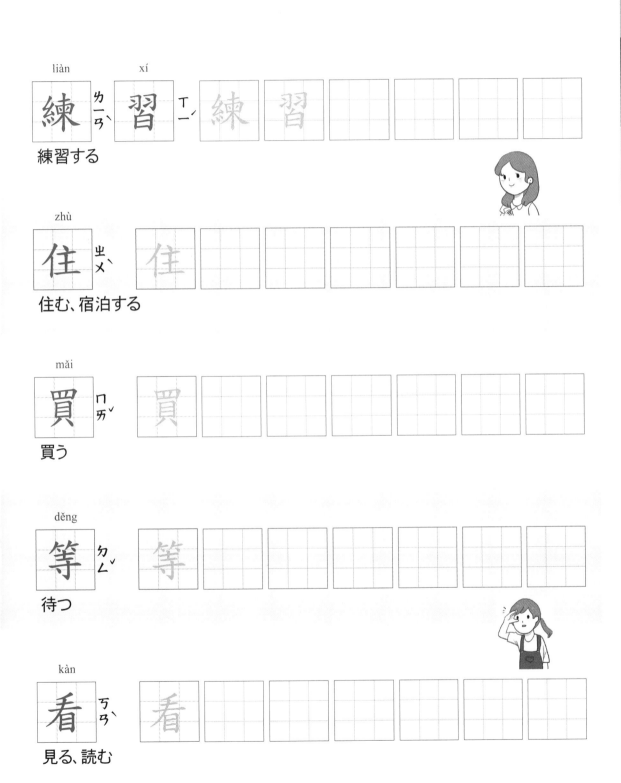

liàn
練 ㄌㄧㄢˋ

xí
習 ㄒㄧˊ

練 習

練習する

zhù
住 ㄓㄨˋ

住

住む、宿泊する

mǎi
買 ㄇㄞˇ

買

買う

děng
等 ㄉㄥˇ

等

待つ

kàn
看 ㄎㄢˋ

看

見る、読む

zhǎo

找 ㄓㄠˇ

探す、訪ねる、釣銭を出す

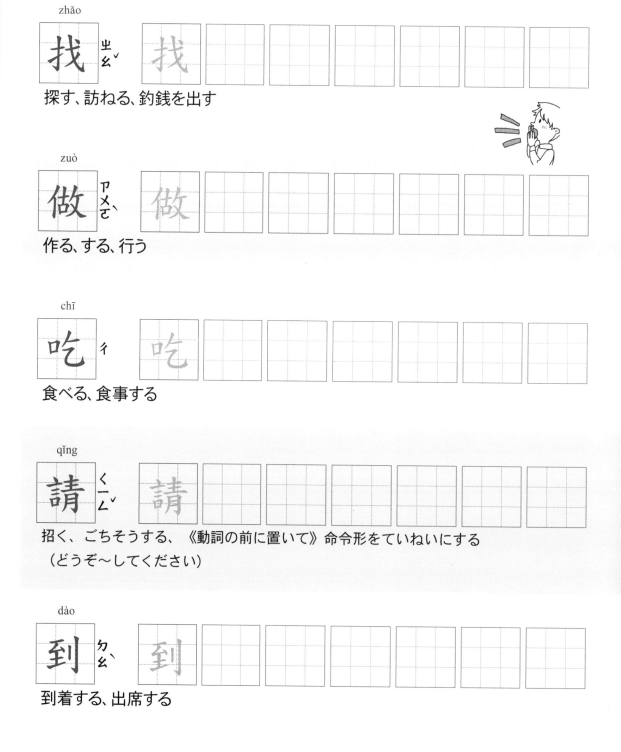

zuò

做 ㄗㄨㄛˋ

作る、する、行う

chī

吃 ㄔ

食べる、食事する

qǐng

請 ㄑㄧㄥˇ

招く、ごちそうする、《動詞の前に置いて》命令形をていねいにする
（どうぞ〜してください）

dào

到 ㄉㄠˋ

到着する、出席する

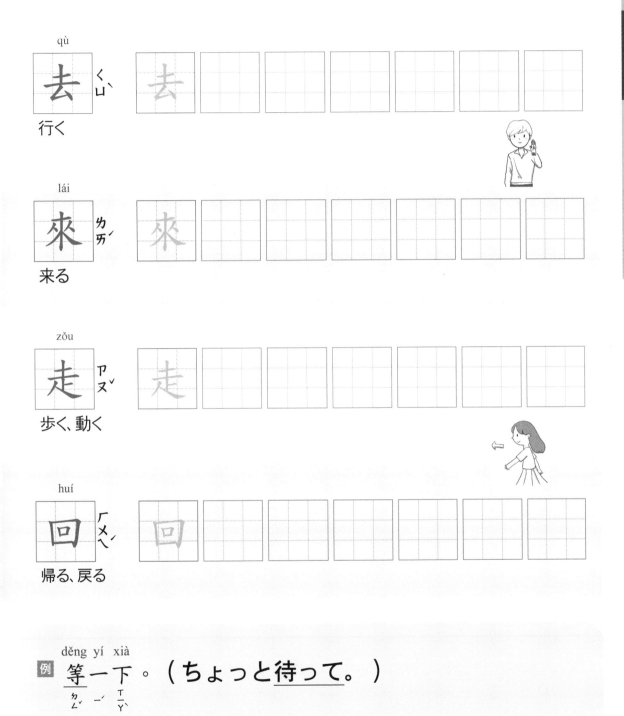

qù
去 ㄑㄩˋ
行く

lái
來 ㄌㄞˊ
来る

zǒu
走 ㄗㄡˇ
歩く、動く

huí
回 ㄏㄨㄟˊ
帰る、戻る

例 děng yí xià
等一下。（ちょっと待って。）
ㄉㄥˇ ㄧˊ ㄒㄧㄚˋ

練習題（練習問題）

■請寫出下列詞彙的日文意思。

（次の単語の日本語を書きましょう。）

01） 找 ㄓㄠˇ ＿＿＿＿＿＿＿＿＿＿

02） 我 ㄨㄛˇ 們 ㄇㄣ ＿＿＿＿＿＿＿＿＿＿

03） 回 ㄏㄨㄟˊ ＿＿＿＿＿＿＿＿＿＿

04） 貴 ㄍㄨㄟˋ ＿＿＿＿＿＿＿＿＿＿

05） 上 ㄕㄤˋ 課 ㄎㄜˋ ＿＿＿＿＿＿＿＿＿＿

06） 電 ㄉㄧㄢˋ 腦 ㄋㄠˇ ＿＿＿＿＿＿＿＿＿＿

07） 吃 ㄔ ＿＿＿＿＿＿＿＿＿＿

08） 東 ㄉㄨㄥ 西 ㄒㄧ ＿＿＿＿＿＿＿＿＿＿

09） 聽 ㄊㄧㄥ ＿＿＿＿＿＿＿＿＿＿

10） 中 ㄓㄨㄥ 午 ㄨˇ ＿＿＿＿＿＿＿＿＿＿

■請聽 **MP3** 寫下華語詞彙。 🔊 MP3-077

（MP3 を聞いて台湾華語で書き取りましょう。）

01） _____

02） _____

03） _____

04） _____

05） _____

06） _____

07） _____

08） _____

09） _____

10） _____

MEMO

第三章
句子 100
（フレーズ 100）

01　**應答句**（応答フレーズ）

02　**基本句**（基本フレーズ）

03　**常用句**（よく使うフレーズ）

01 應答句 | 応答フレーズ

1-1 表達意思（意思を表す） 🔊 MP3-078

好ㄏㄠˇ（的ㄉㄜ）。

はい。

好ㄏㄠˇ啊ㄚ！

いいですよ。

不ㄅㄨˋ好ㄏㄠˇ。

よくないです。／だめです。

好ㄏㄠˇ嗎ㄇㄚ？

いいですか?

是^{ㄕˋ}（ 的^{ㄉㄜ˙} ）。

はい、YES、そうです。

是^{ㄕˋ} 啊^{ㄚ˙} ！

そうですよ。

不^{ㄅㄨˋ} 是^{ㄕˋ} 。

いいえ、NO、違います。

是^{ㄕˋ} 嗎^{ㄇㄚ˙} ？

そうですか?

對^{ㄉㄨㄟˋ}（ 的^{ㄉㄜ˙} ）。

はい、YES、合っています。

對(ㄉㄨㄟˋ) 啊(˙ㄚ) ！

そうですよ。

不(ㄅㄨˊ) 對(ㄉㄨㄟˋ) 。

いいえ、NO、合っていません、違います。

對(ㄉㄨㄟˋ) 嗎(˙ㄇㄚ) ？

合っていますか?

1-2 表示同意（同意を示す）  MP3-079

wǒ zhī dào le
我 知 道 了 。

わかりました。

liǎo jiě
了 解 。

了解です。

dí què
的 確 。

確かに。

méi cuò
沒 錯 。

間違いないです。

dāng rán
當 然 。

もちろんです。

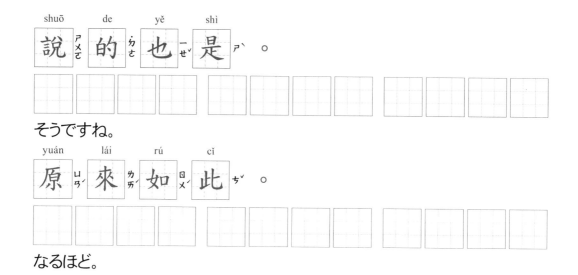

說_{ㄕㄨㄛ} 的_{ㄉㄜ} 也_{ㄧㄝˇ} 是_{ㄕˋ} 。
shuō de yě shì

そうですね。

原_{ㄩㄢˊ} 來_{ㄌㄞˊ} 如_{ㄖㄨˊ} 此_{ㄘˇ} 。
yuán lái rú cǐ

なるほど。

2 基本句 | 基本フレーズ

2-1 寒暄（挨拶） 🔊 MP3-080

你_{ㄋㄧˇ} 好_{ㄏㄠˇ}！

こんにちは。（一日中の挨拶）

您_{ㄋㄧㄣˊ} 好_{ㄏㄠˇ}！

こんにちは。（目上の方に使う）

大_{ㄉㄚˋ} 家_{ㄐㄧㄚ} 好_{ㄏㄠˇ}！

皆さん、こんにちは。

早_{ㄗㄠˇ}（安_ㄢ）！

おはようございます。

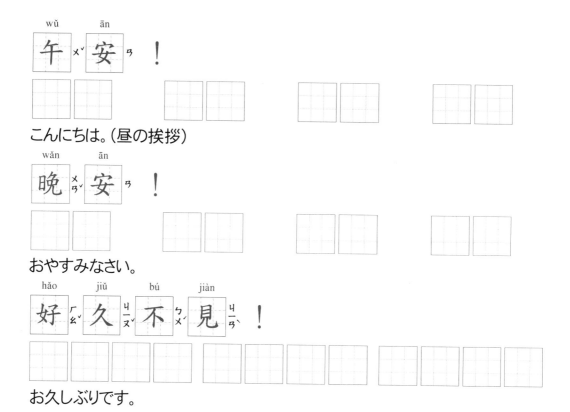

午 安 ！
wǔ ān

こんにちは。（昼の挨拶）

晚 安 ！
wǎn ān

おやすみなさい。

好 久 不 見 ！
hǎo jiǔ bú jiàn

お久しぶりです。

2-2 迷你會話（ミニ会話） 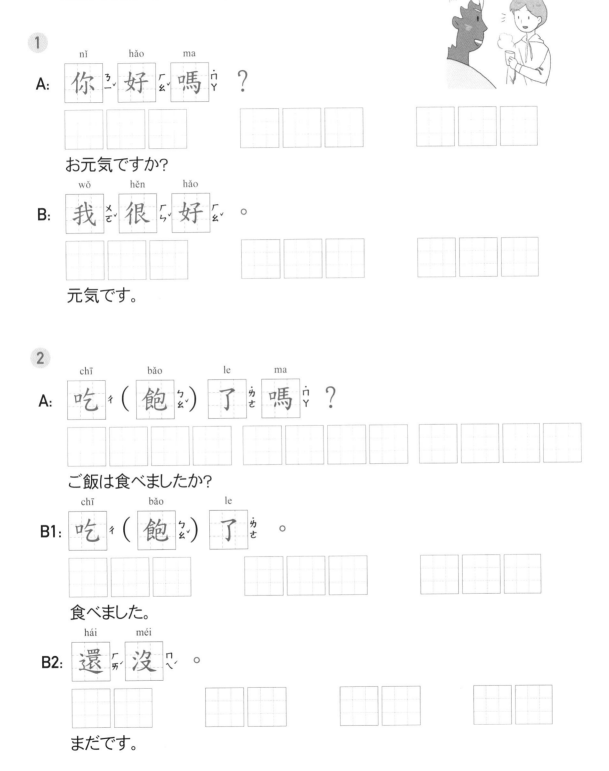 MP3-081

1

A:　你 好 嗎 ？
　　nǐ　hǎo　ma

お元気ですか?

B:　我 很 好 。
　　wǒ　hěn　hǎo

元気です。

2

A:　吃（飽）了 嗎 ？
　　chī　bǎo　le　ma

ご飯は食べましたか?

B1:　吃（飽）了 。
　　chī　bǎo　le

食べました。

B2:　還 沒 。
　　hái　méi

まだです。

第三章

105

A: 你_{nǐ} 呢_{ne} ？

あなたは?

B: 我_{wǒ} （也_{yě}） 吃_{chī} 飽_{bǎo} 了_{le} 。

私（も）食べました。

③

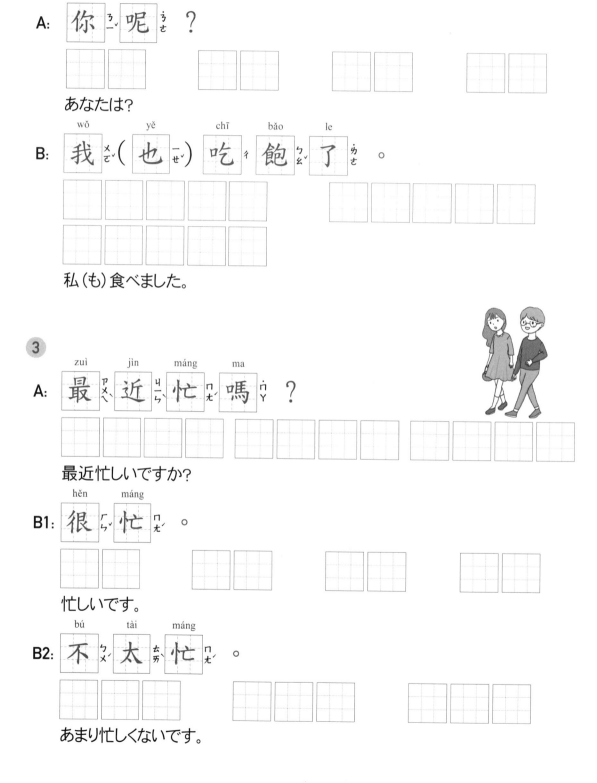

A: 最_{zuì} 近_{jìn} 忙_{máng} 嗎_{ma} ？

最近忙しいですか?

B1: 很_{hěn} 忙_{máng} 。

忙しいです。

B2: 不_{bú} 太_{tài} 忙_{máng} 。

あまり忙しくないです。

B3: 不_{ㄅㄨ} 忙_{ㄇㄤ} 。

忙しくないです。

2-3 感謝與道歉（お礼とおわび） 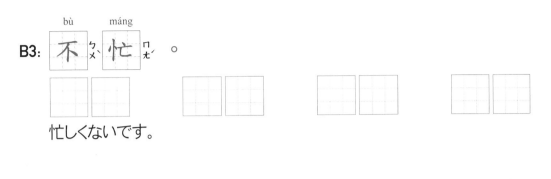 MP3-082

謝_{ㄒㄧㄝ} 謝_{ㄒㄧㄝ}（ 你_{ㄋㄧ}）。

ありがとうございます。

謝_{ㄒㄧㄝ} 謝_{ㄒㄧㄝ} 款_{ㄎㄨㄢ} 待_{ㄉㄞ} 。

ご馳走していただき、ありがとうございます。

不_{ㄅㄨ}（ 要_{ㄧㄠ}）客_{ㄎㄜ} 氣_{ㄑㄧ} 。

どういたしまして。

別_{ㄅㄧㄝ} 客_{ㄎㄜ} 氣_{ㄑㄧ} 。

どういたしまして。／ご遠慮なく。

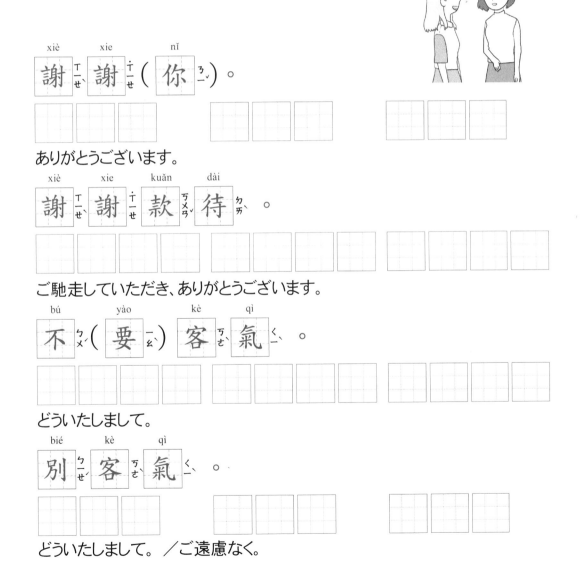

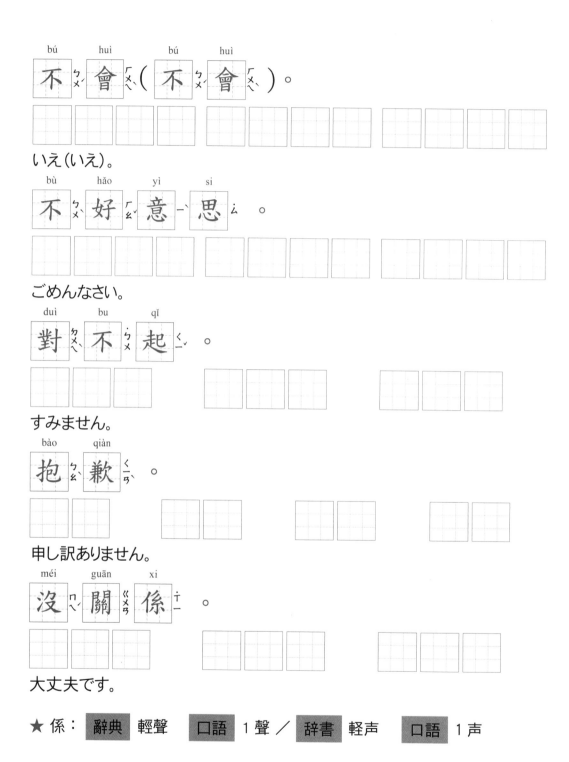

不會（不會）。

いえ（いえ）。

不好意思。

ごめんなさい。

對不起。

すみません。

抱歉。

申し訳ありません。

沒關係。

大丈夫です。

★ 係： 辭典 輕聲　口語 1 聲 ／ 辞書 軽声　口語 1 声

2-4 道別（別れ） 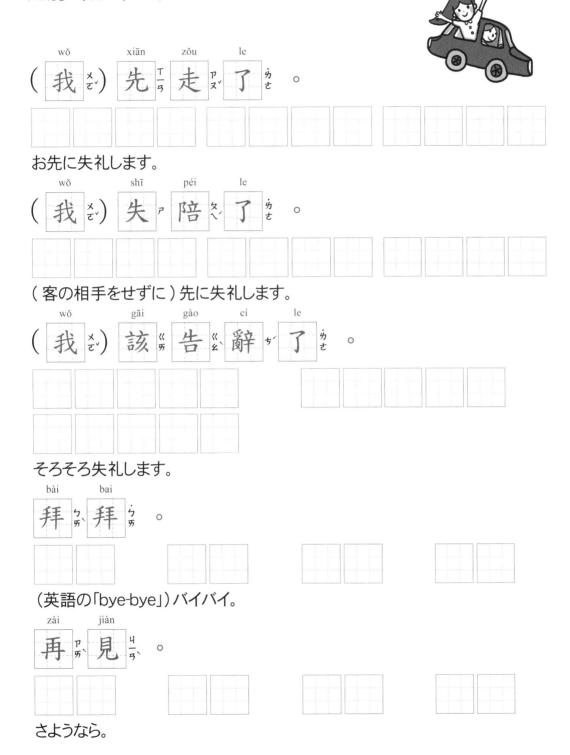 MP3-083

（我 ㄨㄛˇ）先 ㄒㄧㄢ 走 ㄗㄡˇ 了 ㄌㄜ 。

お先に失礼します。

（我 ㄨㄛˇ）失 ㄕ 陪 ㄆㄟˊ 了 ㄌㄜ 。

（客の相手をせずに）先に失礼します。

（我 ㄨㄛˇ）該 ㄍㄞ 告 ㄍㄠˋ 辭 ㄘˊ 了 ㄌㄜ 。

そろそろ失礼します。

拜 ㄅㄞˋ 拜 ㄅㄞ 。

（英語の「bye-bye」）バイバイ。

再 ㄗㄞˋ 見 ㄐㄧㄢˋ 。

さようなら。

回頭見 huí tóu jiàn 。 ＝ 等一下見 děng yí xià jiàn 。 ＝

待會見 dāi huǐ jiàn 。 ＝ 一會見 yì huǐ jiàn 。

また後で。

下次見 xià cì jiàn 。

また今度。

明天見 míng tiān jiàn 。

また明日。

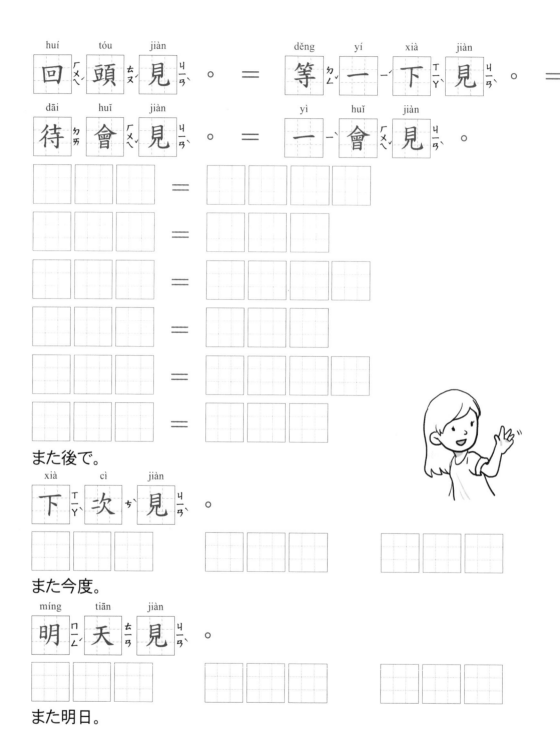

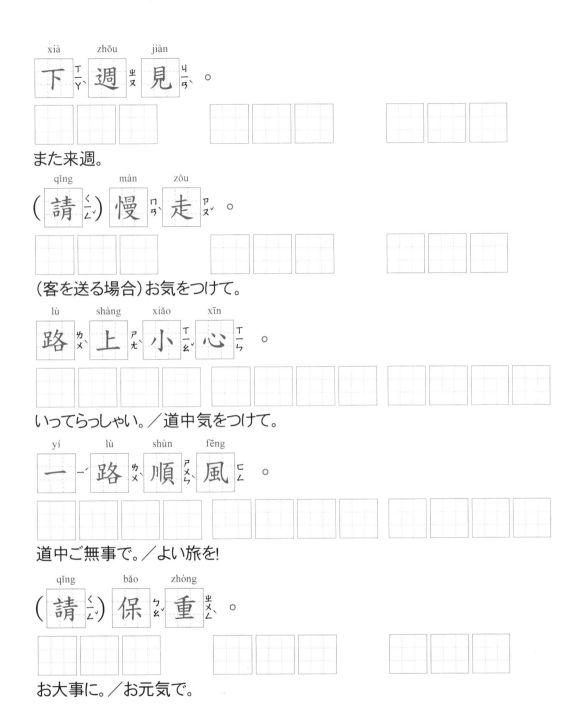

下 (xià) 週 (zhōu) 見 (jiàn) 。

また来週。

(請 (qǐng)) 慢 (màn) 走 (zǒu) 。

(客を送る場合)お気をつけて。

路 (lù) 上 (shàng) 小 (xiǎo) 心 (xīn) 。

いってらっしゃい。／道中気をつけて。

一 (yí) 路 (lù) 順 (shùn) 風 (fēng) 。

道中ご無事で。／よい旅を!

(請 (qǐng)) 保 (bǎo) 重 (zhòng) 。

お大事に。／お元気で。

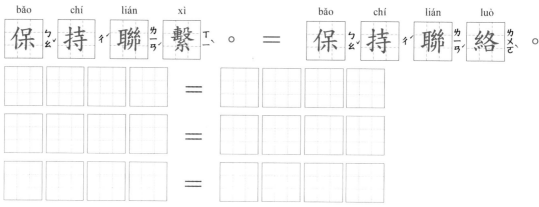

保持聯繫。 ＝ 保持聯絡。

bǎo chí lián xì ＝ bǎo chí lián luò

＝

＝

＝

連絡を取り合いましょうね。

★ 聯絡＝連絡

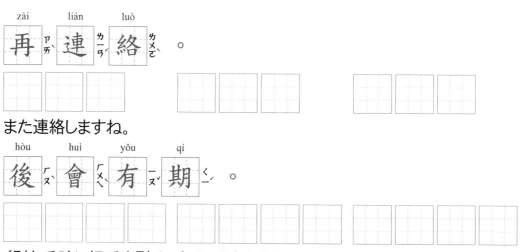

再連絡。

zài lián luò

また連絡しますね。

後會有期。

hòu huì yǒu qí

（別れる時に相手を慰めて）そのうちまたお目にかかりましょう。

3 常用句 | よく使うフレーズ

3-1 請……（どうぞ～してください） 🔊 MP3-084

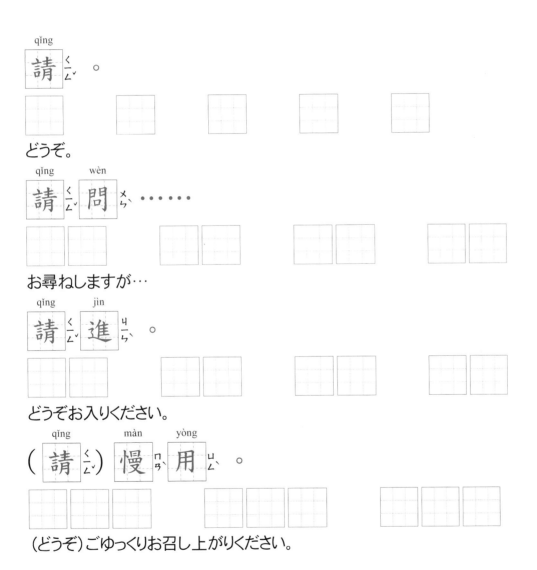

請（くĬ）。

どうぞ。

請（くĬ）問（メҕ）……

お尋ねしますが…

請（くĬ）進（ЧҕŢ）。

どうぞお入りください。

（請（くĬ））慢（ПŢ）用（ЦŢ）。

（どうぞ）ごゆっくりお召し上がりください。

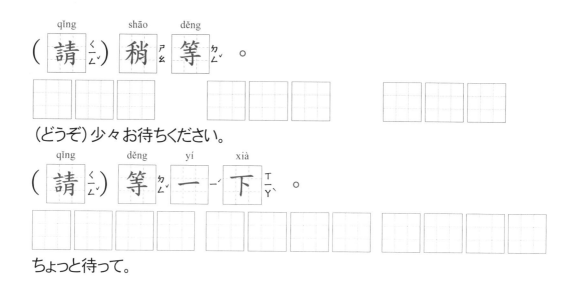

（請）稍等。

（どうぞ）少々お待ちください。

（請）等一下。

ちょっと待って。

3-2 初次見面的寒暄（初対面の挨拶）🔊 MP3-085

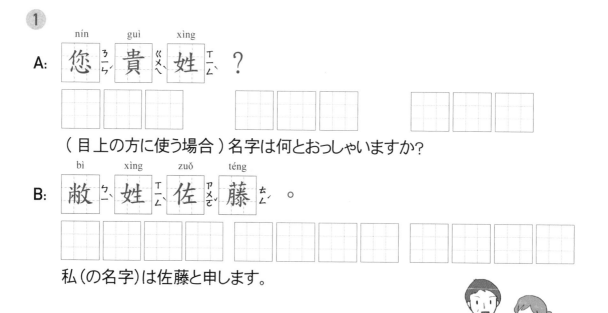

1

A: 您貴姓？

（目上の方に使う場合）名字は何とおっしゃいますか?

B: 敝姓佐藤。

私（の名字）は佐藤と申します。

2

A: 你 _{nǐ} 貴 _{guì} 姓 _{xìng} ？

名字は何とおっしゃいますか?

B: 我 _{wǒ} 姓 _{xìng} 鈴 _{líng} 木 _{mù} 。

私(の名字)は鈴木と言います。

3

A: 請 _{qǐng} 問 _{wèn} 尊 _{zūn} 姓 _{xìng} 大 _{dà} 名 _{míng} ？

お名前をお伺いできますか？

B: 我 _{wǒ} 叫 _{jiào} 高 _{gāo} 橋 _{qiáo} 有 _{yǒu} 美 _{měi} 。

私は高橋有美と言います。

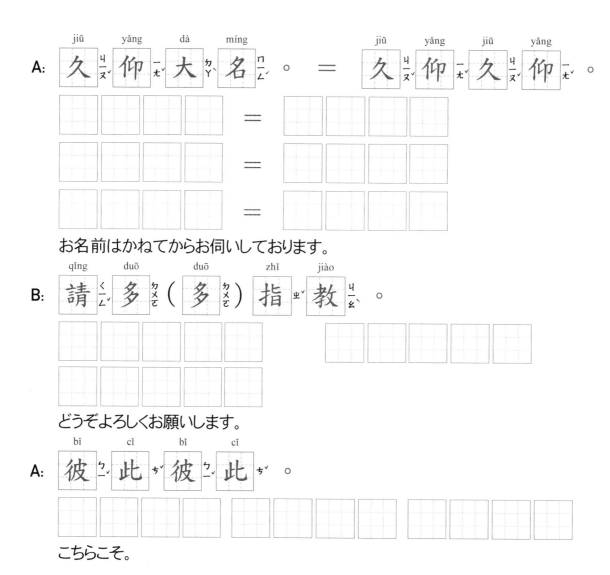

A: 久仰大名。 = 久仰久仰。
jiǔ yǎng dà míng   jiǔ yǎng jiǔ yǎng

お名前はかねてからお伺いしております。

B: 請多（多）指教。
qǐng duō duō zhǐ jiào

どうぞよろしくお願いします。

A: 彼此彼此。
bǐ cǐ bǐ cǐ

こちらこそ。

3-3 祝福的話語（お祝いのことば） 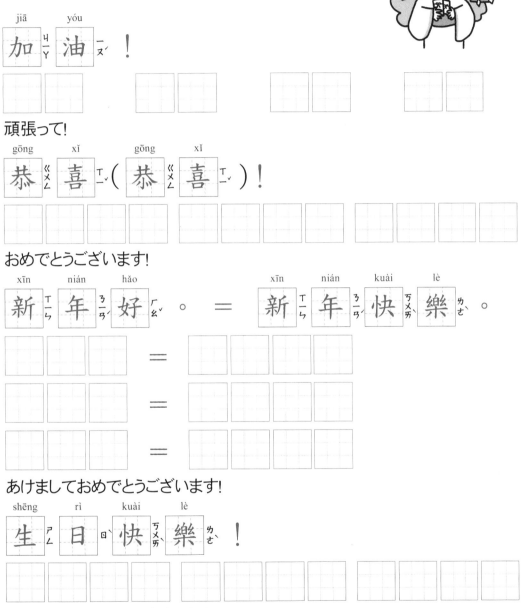 MP3-086

jiā yóu
加 油 ！

頑張って!

gōng xǐ gōng xǐ
恭 喜 （ 恭 喜 ）！

おめでとうございます!

xīn nián hǎo　　xīn nián kuài lè
新 年 好 。 ＝ 新 年 快 樂 。

＝

＝

＝

あけましておめでとうございます!

shēng rì kuài lè
生 日 快 樂 ！

お誕生日おめでとうございます!

第三章

117

耶 (yē) 誕 (dàn) （節 (jié)） 快 (kuài) 樂 (lè) ！ ＝

聖 (shèng) 誕 (dàn) （節 (jié)） 快 (kuài) 樂 (lè) ！

（＝ practice grid ＝ practice grid ＝ practice grid）

メリークリスマス!

新 (xīn) 婚 (hūn) 快 (kuài) 樂 (lè) ！ ＝ 新 (xīn) 婚 (hūn) 愉 (yú) 快 (kuài) ！

（＝ practice grid ＝ practice grid ＝ practice grid）

ご結婚おめでとうございます。

週 (zhōu) 末 (mò) 快 (kuài) 樂 (lè) ！ ＝ 週 (zhōu) 末 (mò) 愉 (yú) 快 (kuài) ！

（＝ practice grid ＝ practice grid ＝ practice grid）

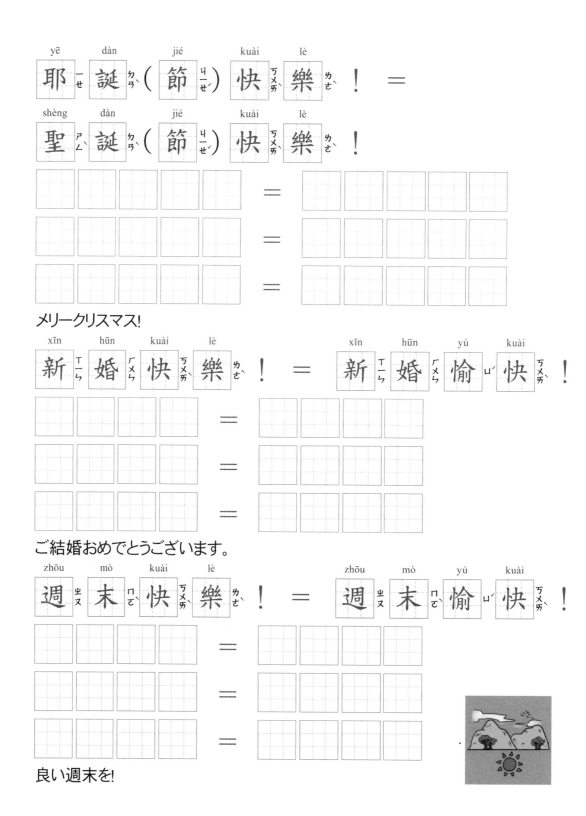

良い週末を!

工(ㄍㄨㄥ) 作(ㄗㄨㄛˋ) 辛(ㄒㄧㄣ) 苦(ㄎㄨˇ) 了(ㄌㄜ) 。

お仕事お疲れさまです。

(請(ㄑㄧㄥˇ)) 節(ㄐㄧㄝˊ) 哀(ㄞ) 順(ㄕㄨㄣˋ) 變(ㄅㄧㄢˋ) 。

ご愁傷様です。

3-4 實用的説法（実用的な表現） 🔊 MP3-087

乾(gān) 杯(bēi)（ㄍㄢ）（ㄅㄟ）！

乾杯!

對(duì) 了(le)（ㄉㄨㄟ）（ㄌㄜ）！

（何かを思い出して）そうだ!

買(mǎi) 單(dān)（ㄇㄞ）（ㄅㄢ）！

お会計!

不(bù) 行(xíng)（ㄅㄨ）（ㄒㄧㄥ）！

ダメです。

住(zhù) 手(shǒu)（ㄓㄨ）（ㄕㄡ）！

やめろ!

救命！
jiù mìng

助けて!

借過。
jiè guò

通してください。

危險！
wéi xiǎn

危ない!

慢慢來。
màn màn lái

ゆっくりしていてください。

我來吧！
wǒ lái ba

私がやりましょう。

再一次。
zài yí cì

もう一度。

沒 ㄇㄟˊ 辦 ㄅㄢˋ 法 ㄈㄚˇ 。
méi bàn fǎ

仕方がない。

沒 ㄇㄟˊ 問 ㄨㄣˋ 題 ㄊㄧˊ 。
méi wèn tí

OK です。／大丈夫です。

不 ㄅㄨˋ 可 ㄎㄜˇ 能 ㄋㄥˊ ！
bù kě néng

ありえない！／それはない！

不 ㄅㄨˊ 會 ㄏㄨㄟˋ 吧 ㄅㄚ ！
bú huì ba

ウソでしょ！

不 ㄅㄨˊ 用 ㄩㄥˋ 了 ㄌㄜ 。
bú yòng le

（要りません）結構です。

不_{ㄅㄨˋ} 敢_{ㄍㄢˇ} 當_{ㄉㄤ} 。

（褒められた時などに）恐れ入ります。

打_{ㄉㄚˇ} 擾_{ㄖㄠˇ} （你_{ㄋㄧˇ}） 了_{ㄌㄜ} 。

お邪魔します。

拜_{ㄅㄞˋ} 託_{ㄊㄨㄛ} （你_{ㄋㄧˇ}） 了_{ㄌㄜ} 。

お願いします。

麻_{ㄇㄚˊ} 煩_{ㄈㄢˊ} （你_{ㄋㄧˇ}） 了_{ㄌㄜ} 。

お手数をおかけします。

我_{ㄨㄛˇ} 不_{ㄅㄨˋ} 知_ㄓ 道_{ㄉㄠˋ} 。

分かりません。

歡_{ㄏㄨㄢ} 迎_{ㄧㄥˊ} （歡_{ㄏㄨㄢ} 迎_{ㄧㄥˊ}）！

いらっしゃい。

第二章

3-5 表達感想（感想を伝える）  🔊 MP3-088

不 ㄅㄨˊ 錯 ㄘㄨㄛˋ ！

いいですね。

很 ㄏㄣˇ 好 ㄏㄠˇ ！

よくできました。／ すばらしいです。

很 ㄏㄣˇ 厲 ㄌㄧˋ 害 ㄏㄞˋ ！

すごいです。

還 ㄏㄞˊ 可 ㄎㄜˇ 以 ㄧˇ 。

なかなかです。

不 ㄅㄨˊ 太 ㄊㄞˋ 好 ㄏㄠˇ 。

あまりよくないです。

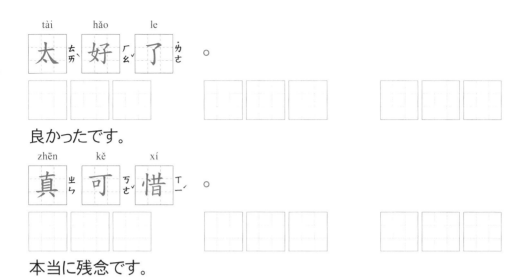

太_{tài}好_{hǎo}了_{le}。

良かったです。

真_{zhēn}可_{kě}惜_{xí}。

本当に残念です。

3-6 疑問詞（疑問詞）🔊 MP3-089

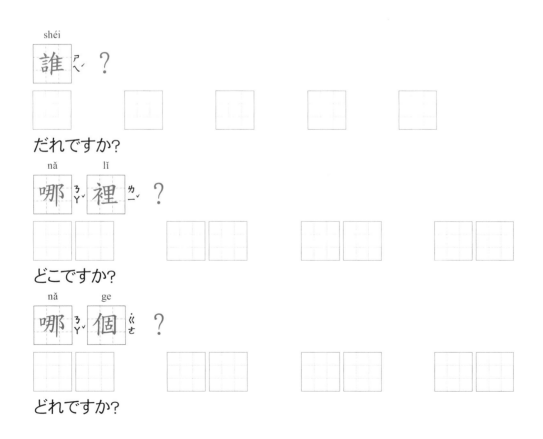

誰_{shéi}？

だれですか?

哪_{nǎ}裡_{lǐ}？

どこですか?

哪_{nǎ}個_{ge}？

どれですか?

什(ㄕㄣ)麼(ㄇㄜ)?

なんですか?

為(ㄨㄟ)什(ㄕㄣ)麼(ㄇㄜ)?

なんでですか?

怎(ㄗㄣ)麼(ㄇㄜ)樣(ㄧㄤ)?

いかがですか?

什(ㄕㄣ)麼(ㄇㄜ)時(ㄕ)候(ㄏㄡ)?

いつですか?

練習題（練習問題）

■請寫出下列詞彙的日文意思。

（次の単語の日本語を書きましょう。）

01） 好ㄏㄠ啊ㄚ！ ＿＿＿＿＿＿＿＿

02） 沒ㄇㄟ錯ㄘㄨㄛ。 ＿＿＿＿＿＿＿＿

03） 原ㄩㄢ來ㄌㄞ如ㄖㄨ此ㄘ。 ＿＿＿＿＿＿＿＿

04） 好ㄏㄠ久ㄐㄧㄡ不ㄅㄨ見ㄐㄧㄢ。 ＿＿＿＿＿＿＿＿

05） 不ㄅㄨ客ㄎㄜ氣ㄑㄧ。 ＿＿＿＿＿＿＿＿

06） 不ㄅㄨ好ㄏㄠ意ㄧ思ㄙ。 ＿＿＿＿＿＿＿＿

07） 下ㄒㄧㄚ次ㄘ見ㄐㄧㄢ。 ＿＿＿＿＿＿＿＿

08） 加ㄐㄧㄚ油ㄧㄡ！ ＿＿＿＿＿＿＿＿

09） 買ㄇㄞ單ㄉㄢ！ ＿＿＿＿＿＿＿＿

10） 為ㄨㄟ什ㄕㄣ麼ㄇㄜ？ ＿＿＿＿＿＿＿＿

■請聽 MP3 寫下華語。　◀ MP3-090

（MP3 を聞いて、台湾華語で書き取りましょう。）

01）　_____

02）　_____

03）　_____

04）　_____

05）　_____

06）　_____

07）　_____

08）　_____

09）　_____

10）　_____

第一章 發音 (発音)

■ MP3 裡念的是哪一個？請打圈。

(発音されたものに○を付けてみましょう。)

01) ㄆ	02) ㄇ	03) ㄎ	04) ㄌ	05) ㄍ
06) ㄐ	07) ㄒ	08) ㄗ	09) ㄔ	10) ㄙ

■ MP3 裡念的是哪一個？請打圈。

(発音されたものに○を付けてみましょう。)

01) ㄩ	02) ㄚ	03) ㄜ	04) ㄟ	05) ㄞ
06) ㄡ	07) ㄢ	08) ㄥ	09) ㄣ	10) ㄤ

第二章 單字100 (単語 100)

■ 請寫出下列詞彙的日文意思。

(次の単語の日本語を書きましょう。)

01) 探す、訪ねる、釣銭を出す   02) 私たち

03) 帰る、戻る   04) 高い

05) 授業に出る、授業を始める   06) コンピューター

07) 食べる、食事する   08) もの

09) 聞く   10) 昼

■ 請聽 MP3 寫下華語詞彙。

(MP3 を聞いて台湾華語で書き取りましょう。)

01) 二　　　　02) 日本　　　03) 去　　　　04) 中午

05) 看　　　　06) 公車　　　07) 寫　　　　08) 老師

09) 難　　　　10) 昨天

第三章 句子 100 (フレーズ 100)

■ 請寫出下列詞彙的日文意思。

(次の単語の日本語を書きましょう。)

01) いいですよ。　　　02) 間違いないです。　　03) なるほど。

04) お久しぶりです。　　05) どういたしまして。　　06) ごめんなさい。

07) また今度。　　　　08) 頑張って！　　　　09) お会計！

10) なんでですか？

■ 請聽 MP3 寫下華語。

(MP3 を聞いて、台湾華語で書き取りましょう。)

01) 不是。　　02) 晚安！　　　03) 謝謝你。　　04) 對不起。

05) 沒關係。　06) 再見。　　　07) 再連絡。　　08) 等一下。

09) 太好了。　10) 生日快樂！

國家圖書館出版品預行編目資料

大家學華語 華語を学ぼう（日語版）新版 / 樂大維著
-- 修訂初版 -- 臺北市：瑞蘭國際, 2023.10
136面；19×26公分 --（語文館系列；07）
ISBN：978-626-7274-65-1（平裝）
1. CST：漢語 2. CST：讀本

802.86   112016316

語文館系列07
大家學華語 華語を学ぼう（日語版）新版

作者｜樂大維
責任編輯｜王愿琦、葉仲芸
校對｜樂大維、王愿琦、葉仲芸、詹巧莉

華語錄音｜樂大維、陳盈樺
錄音室｜采漾錄音製作有限公司
封面設計｜劉麗雪、陳如琪
版型設計｜劉麗雪
內文排版｜林士偉、方皓承
美術插畫｜Syuan Ho
嘴型插圖｜KKDRAW

瑞蘭國際出版
董事長｜張暖彗・社長兼總編輯｜王愿琦
編輯部
副總編輯｜葉仲芸・主編｜潘治婷
設計部主任｜陳如琪
業務部
經理｜楊米琪・主任｜林湲洵・組長｜張毓庭

出版社｜瑞蘭國際有限公司・地址｜台北市大安區安和路一段104號7樓之1
電話｜(02)2700-4625・傳真｜(02)2700-4622・訂購專線｜(02)2700-4625
劃撥帳號｜19914152 瑞蘭國際有限公司
瑞蘭國際網路書城｜www.genki-japan.com.tw

法律顧問｜海灣國際法律事務所　呂錦峯律師

總經銷｜聯合發行股份有限公司・電話｜(02)2917-8022、2917-8042
傳真｜(02)2915-6275、2915-7212・印刷｜科億印刷股份有限公司
出版日期｜2023年10月初版1刷・定價｜450元・ISBN｜978-626-7274-65-1